작가

KB105999

일러두기

이 작품의 스페인어 제목 "El Hacedor"는 한국어로 옮기기 어려운 문제적
단어다. 스페인에서 별로 사용하지 않는 단어일 뿐만 아니라, 장인처럼
손으로 무엇인가를 만드는 사람을 연상시키는 어휘다. 그래서 차라리 '작가'를
번역본 제목으로 삼았다.

작가

호르헤 루이스 보르헤스

우석균 옮김

EL HACEDOR

Jorge Luis Borges

EL HACEDOR
by Jorge Luis Borges

Copyright © Maria Kodama 1995
All rights reserved.

Korean Translation Copyright © Minumsa 1999, 2011, 2021

Korean translation edition is published by arrangement with
Maria Kodama c/o The Wylie Agency (UK) LTD.

이 책의 한국어 판 저작권은 The Wylie Agency (UK) LTD와
독점 계약한 (주)민음사에 있습니다.

저작권법에 의해 한국 내에서 보호를 받는 저작물이므로
무단 전재와 무단 복제를 금합니다.

차례

EL POETA DECLARA SU NOMBRADÍA

레오폴도 루고네스[1]에게

A LEOPOLDO LUGONES

　나는 광장의 소음을 뒤로하고 도서관으로 들어갑니다.
책의 인력, 질서 정연한 분위기, 마법처럼 박제되고
보존된 세월을 거의 온몸으로 느낍니다. 존 밀턴[2]의
환치법(換置法)[3]을 사용하자면 학구적인 전등에 비친 책
읽는 이들의 얼굴, 깨어 있는 잠에 몰두한 이들의 얼굴이
좌우로 스쳐 지나갑니다. 이곳에서 언젠가 그 문채(文彩,
figura)를 떠올린 적이 있다는 사실을, 그 후 『감상적인 달
모음집(Lunario sentimental)』[4]의 저 '건조한 낙타'라는 또 다른
특징 형용사(epíteto)를, 그 뒤에 언젠가는 동일한 장치를
구사하고 극복하는 『아이네이스』[5]의 다음과 같은 6보격
시행을 떠올린 적이 있다는 사실이 생각납니다.

　　밤에 홀로 어둠을 지나간다.

　이런 생각들이 나를 루고네스 당신의 집무실 문으로
이끕니다. 들어갑니다. 의례적이고 정중한 대화를 몇 마디
나누고, 당신에게 이 책을 드립니다. 제 착각인지는 몰라도,
당신은 저를 싫어하지는 않았습니다. 제 작품 중에서
마음에 드는 것이 있었으면 하고 소망하셨을 겁니다. 결코
그런 일은 없었지만 말입니다. 그런데 이번에는 책장을
뒤적이다가 제 시 한 구절을 흡족해서 읽고 계시네요. 그
속에서 당신 자신의 목소리를 발견하셨거나, 흠결 있는

창작보다 건강한 이론을 더 중요하게 여기신 게죠.

이 순간 물에 물 탄 듯이 제 꿈이 꿈이 되었습니다. 저를 에워싸고 있는 거대한 도서관은 로드리게스페냐로(路)가 아니라 멕시코로에 있고,[6] 당신은 1938년 초에 이미 자살하셨습니다. 제 허영심과 향수가 불가능한 장면을 연출한 것입니다. 저는 계속 그러리라고 혼잣말을 합니다. 그러나 내일은 저도 죽게 될 것이고, 우리의 시간이 뒤섞일 것이며, 연대(年代)는 상징들의 세계에서 길을 잃을 것입니다. 제가 이 책을 당신에게 가져왔고 당신이 이를 받으셨다 해도 그다지 틀린 말은 아닐 겁니다.

호르헤 루이스 보르헤스
부에노스아이레스, 1960년 8월 9일

작가

EL HACEDOR

그는 결코 기억에 집착하지 않았다. 갖가지 인상(印象)이 순간적이고 생동감 있게 그를 덮쳤다. 그의 영혼 전체에 도공의 주색 유약, 별이자 신이 가득한 아치 천장, 지상으로 추락한 사자의 고향이었던 달, 예민한 손끝으로 더듬는 대리석의 매끄러움, 새하얗고 고르지 못한 치아로 즐겨 물어뜯던 멧돼지 고기의 맛, 페니키아 단어 하나, 누런 모래에 드리워진 창(槍) 그림자, 바다 혹은 여인들과의 근접성, 꿀로 떨떠름한 맛을 경감시키는 진한 포도주 등이 기억에 들어설 수 있었다. 그는 두려움은 물론 분노와 용기도 알고 있었다. 한번은 적의 성벽을 선두로 기어오른 적도 있었다. 갈증과 호기심으로 우연에 몸을 맡기고, 환희에 들뜨다가도 이내 무관심해지는 태도를 법칙 삼아 다양한 땅들을 돌아다니고, 여기저기 해안에서 배에서 인간들의 도시며 궁전을 바라보았다. 사람들이 바글거리는 시장에서 혹은 사티로스[7]도 있을 듯한 아스라한 산의 밑자락에서 복잡한 이야기들을 들으면서 진짜인지 가짜인지 알아보지 않고 그대로 받아들였다. 마치 현실을 그냥 받아들이듯이.

아름다운 우주가 점점 그를 버렸다. 완고한 안개에 손 윤곽이 지워졌고, 밤하늘의 별이 사라졌고, 발밑에 있는 대지가 불안정해졌다. 모든 것이 아스라해지고 뒤섞였다. 자신이 눈멀고 있다는 사실을 알았을 때, 그는 비명을

11

질렀다. 스토아학파의 금욕주의적 품위가 아직 출현하기 전이고, 헥토르는 체면 깎이지 않고 도망칠 수 있던 시절이었다.[8] 그는 '이제 나는 신화의 공포로 가득한 하늘도, 세월에 변해 갈 이 얼굴도 보지 못하겠구나.' 하고 느꼈다. 그 육신의 절망 위로 무수히 밤낮이 바뀌었다. 그러나 어느 날 아침, 잠에서 깨어 주위의 흐릿한 사물들을 (이미 더 이상 경악하지 않고) 바라보았고, 마치 음악 소리나 목소리를 알아듣듯 형용할 수 없는 감정에 사로잡혔다. 예전에 이미 겪은 적이 있고, 두려움에 사로잡혀, 그러나 또한 환희와 희망과 호기심에 차 그 모든 일을 마주한 적이 있었다는 사실을 느낀 것이다. 그래서 기억의 심연으로 하강했다. 그 길이 끝없이 느껴져 아찔했으나, 마침내 잃어버린 기억을 끄집어내는 데 성공했다. 그 기억은 꿈에서나 눈길을 줄 만한 것이었기에 빗속의 동전처럼 반짝였다.

이러한 기억이었다. 그는 어떤 소년에게 수모를 당하고 아버지에게 가서 그 이야기를 했다. 아버지는 마치 들리지 않는다는 듯 혹은 이해하지 못하겠다는 듯 아들이 이야기하게 마냥 내버려 두었다. 그리고 아들이 은근히 탐내던 아름다운 청동 단검, 권력의 표상인 청동 단검을 벽에서 떼어 냈다. 이제 그의 양손에 단검이 들려 있었고, 단검을 소유한 데 따른 놀라움에 수모가 씻겼다. 그러나 아버지는 이렇게 말하고 있었다. '사람들이 네가 사내라는

사실을 알았으면 좋겠다.' 명령조의 목소리였다. 밤이 길을
지워 버렸다. 그는 마술적 힘이 느껴지는 단검을 움켜쥐고
집을 나서 가파른 비탈길을 내려가 바닷가로 내달렸다.
자신이 아이아스[9]와 페르세우스[10]인 꿈을 꾸면서, 소금기
어린 어둠이 부상(負傷)과 전투로 점철되게 하면서. 그
순간의 바로 그 묘미가 그가 지금 찾고 있던 것이었다. 그
밖의 것은 아무 것도 중요하지 않았다. 상대방과 겨루며
받은 모욕적 언사도, 어설픈 전투도, 칼날에 피가 선연한 채
되돌아온 일도.

그 기억에서 또 다른 기억이 싹텄다. 마찬가지로 모험이
임박한 밤이었다. 한 여인, 신들이 그에게 준 최초의 여인이
지하 묘지의 어둠 속에서 그를 기다렸다. 그는 돌그물
같은 통로에서, 어둠 속으로 꺼지는 내리막길에서 그녀를
찾아 헤맸다. 왜 그 기억들이 엄습했던 것일까? 왜 그저
현재의 예표(豫表)[11]이기라도 한 것처럼 별다른 쓸쓸함 없이
엄습했던 것일까?

그는 묵직한 놀라움을 느끼며 깨달았다. 그가 인간의
눈을 하고 내려가고 있는 이 밤에 사랑과 위험이, 즉
아프로디테와 아레스가[12] 자신을 기다리고 있다는 사실을.
영광의 소리와 6보격 시 소리, 신들이 구원해 주지 않을
신전을 지키는 사람들 소리와 바다에서 사랑하는 섬을
찾아 헤매는 검은 배들의 소리, 인간의 기억 속에서 불리고

울려 퍼질 운명의 『오뒷세이아』와 『일리아스』 소리를 이미
예감했기(이 소리들에 의해 이미 포위되었기) 때문이다.

호랑이 꿈
DREAMTIGERS

어렸을 때 나는 열렬히 호랑이를 숭배했다. 파라나강[13] 수초나 울창한 아마존의 얼룩 호랑이[14]가 아니라 아시아의 진짜 줄무늬 호랑이, 오직 코끼리 위의 성채에 탄 전사들만 대항할 수 있는 호랑이를. 나는 동물원 우리 앞에 끝없이 머무르곤 했다. 방대한 분량의 백과사전과 자연사 책들을 그 속에 담긴 호랑이들의 광휘 때문에 예찬하고는 했다.(아직도 그 호랑이 모습들을 기억한다. 여인의 얼굴이나 미소는 제대로 기억 못 하는 내가.) 유년기가 끝났고, 호랑이와 이에 대한 열정은 퇴색했다. 그러나 나는 아직도 호랑이 꿈을 꾼다. 그 심연에 혹은 태초의 혼돈 속에 여전히 존속한다. 잠이 들면 나는 이런저런 꿈에 시달리다가 갑자기 꿈이라는 사실을 깨닫는다. 그럴 때마다 생각한다. 이건 꿈이니까 그저 내 뜻대로 즐기면 그뿐이라고, 꿈에서는 무제한의 힘이 있으니 호랑이를 꿈꾸면 된다고.

아, 무능력한 나! 꿈은 결코 내가 갈망하던 맹수를 만들어 내지 못한다. 호랑이가 등장은 한다. 그러나 박제된 호랑이, 허약한 호랑이, 엉뚱한 모양의 호랑이, 턱없는 크기의 호랑이, 너무 단명하는 호랑이, 개나 새를 닮은 호랑이가.

대화에 대한 대화
DIÁLOGO SOBRE UN DIÁLOGO

A: 우리는 불멸에 대한 논증에 몰두해서 밤이 되었는데도 불도 켜지 않았어. 서로의 얼굴이 보이지 않았지. 마세도니오 페르난데스[15]는 열정보다 더 설득력 있는 무심함과 온화함이 감도는 목소리로 영혼은 불멸한다고 되풀이해 말했어. 육신의 죽음은 아주 하찮은 일이기에 죽음은 인간에게는 가장 대수롭지 않은 일일 수밖에 없다고 확언했지. 나는 재미 삼아 마세도니오의 주머니칼을 펼쳤다 접었다 했어. 이웃의 아코디언이 쿰파르시타[16]를 끊임없이 흘려 보냈어. 사람을 나이 든 것으로 착각하게 만들어서 많은 사람이 좋아하는 경악스럽도록 무용한 그 곡을…… 나는 마세도니오에게, 방해받지 않고 토론할 수 있게 같이 자살해 버리자고 제안했어.

Z(조롱하는 투로): 하지만 어쩐지 마지막 순간에 감행하지 못했을 것 같은데.

A(신비주의에 푹 빠져서): 솔직히 그날 밤 우리가 자살했는지 안 했는지 기억이 나지 않아.

발톱
LAS UÑAS

낮이면 편안한 양말이 애지중지하고 징 박은 가죽 구두가
요새처럼 막아 주건만, 내 발톱은 아랑곳하지 않는다. 그저
반투명하고 탄력 있는 뿔판을 내밀 뿐. 누구로부터 자신을
방어하고자 함일까? 야수 같고 믿을 수 없는 존재인 내
발가락들은 그 연약한 병기를 1초도 쉬지 않고 준비한다.
우주와 황홀경을 거부하고 무딘 발톱을 하릴없이 생산한다.
졸링겐[17] 가위에 속절없이 깎이고 깎이면서도. 그렇게
태생적으로 감금된 지 90일 만에 내 발가락들은 그 유별난
공장을 설립했다. 내가 레콜레타 묘지[18]에, 시든 꽃과
부적으로 장식된 잿빛 집에 안장된 다음에도 그 완고한
노동을 계속하겠지. 마침내 발가락이 썩어 문드러질 때까지.
발톱은 물론 수염도 자라지 않을 때까지.

가려 놓은 거울들
LOS ESPEJOS VELADOS

이슬람교는 단언한다. 최후의 심판의 날이 오면, 생명체를 이미지로 표현했던 죄를 범한 자는 부활하여 작품 속 생명체들에게 생명을 불어넣으라는 명을 받은 뒤, 이들과 함께 단죄의 불에 내던져지리라고. 나는 어렸을 때 현실의 환영적인 복제 혹은 증식이라는 그 공포를 경험했다. 다만 커다란 거울들 앞에서. 거울의 무오류와 지속적인 작동, 내 행동들에 대한 끊임없는 추적, 우주적 무언극은 날이 저물 때부터 초자연적이었다. 나는 신과 내 수호천사에게 거울 꿈을 꾸지 않게 해 달라고 하염없이 간구하였다. 불안감에 사로잡혀 거울들을 살펴보던 기억이 난다. 어떤 때는 거울들이 현실에서 이탈하기 시작할까 봐 두려웠고, 또 어떤 때는 괴이한 일이 발생해 내 얼굴이 왜곡되어 비칠까 두려웠다. 나는 그 두려움이 기묘하게도 거울 밖 세계에도 존재한다는 것을 잘 알고 있다. 이 이야기는 아주 간단하고 불쾌하다.

1927년경, 나는 한 음울한 여자를 알게 되었다. 처음에는 전화로(훌리아는 이름도 얼굴도 모른 채 목소리로 먼저 알게 되었다.), 그 후에는 해 질 녘 길모퉁이에서. 불안한 눈빛의 커다란 두 눈, 검은색 직모, 경직된 몸가짐의 여인이었다. 그녀는 연방주의자들의 손녀요 증손녀였고, 나는 중앙집권주의자들의 손자요 증손자였다. 혈통 사이의 그 오랜 불화가 우리의 연결 고리였고, 조국을 더 제대로 소유하는 방식이었다.[19] 그녀는 천장이 아주 높은 쇠락한 집에 가족들과 함께 살고 있었다. 한과 무료함을 안고 고상한 가난 속에서. 우리는 오후면(몇 번은 밤에) 외출해서 그녀가 살고 있던 발바네라 지역을 걸었다. 철로변 담장을 따라 걸었고, 한번은 사르미엔토가(街)를 통해 센테나리오 공원의 공터까지 갔다. 우리 사이에는 사랑도 없었고, 사랑하는 척하지도 않았다. 관능성과는 다른 종류의 강렬함이 느껴져서 나는 그녀가 두려웠다. 남자는 여자와 가까워지려고 자신의 어린 시절 이야기를 하는 법이다. 실제 이야기든 꾸민 이야기든 간에. 나는 언젠가 거울 이야기를 해야 했고, 그리하여 1928년에 1931년에 일어날 환각에 대해 말했다. 지금 막 그녀가 실성했다는 사실을, 그녀 방의 거울들을 가려 놓았다는 사실을 알게 되었다. 거울들에서 자신의 모습을 찬탈한 내 모습을 보고 놀라 말문이 막히고, 내가 마법처럼 자신을 뒤쫓는다 말한다는 것이다.

홀리아가 내 얼굴에, 예전의 내 얼굴들 중의 한 얼굴에 끔찍하게 속박되어 있다니. 그녀에게 증오스러웠을 내 얼굴들의 운명이 내게도 증오스러워야 마땅할 것이다. 하지만 이제 무슨 상관이랴.

조류학적 논거
ARGUMENTUM ORNITHOLOGICUM

눈을 감으니 새 떼가 보인다. 1초 어쩌면 더 짧은 시간 동안의 광경이다. 새가 몇 마리였는지는 잘 모르겠다. 새들의 숫자를 알 수 있을까 없을까? 이는 신의 존재 문제이다. 신이 존재하면, 그 숫자를 알 수 있다. 신은 내가 새를 몇 마리 보았는지 알기 때문이다. 신이 존재하지 않으면, 그 숫자는 알 수 없다. 아무도 셀 수 없었기 때문이다. 이 경우, 내가 열 마리보다 적고 한 마리보다 많은 새를 보았다고 치자. 하지만, 아홉 마리, 여덟 마리, 일곱 마리, 여섯 마리, 다섯 마리, 네 마리, 세 마리, 두 마리를 본 것은 아니라고 치자. 10에서 1사이의 숫자인데, 9, 8, 7, 6, 5, 4, 3, 2는 아닌 숫자, 그런 숫자는 상상할 수 없다. 고로 신은 존재한다.

포로

EL CAUTIVO

후닌이나 타팔켄[20]에 도는 이야기이다. 인디오[21]들의
습격을 받았을 때 한 소년이 사라졌다. 사람들은 그들이
소년을 납치했다고들 말했다. 부모는 아들을 찾아 헤맸지만
소용없었다. 세월이 흐른 뒤 내륙에서 온 한 군인이 그들의
아들일 수도 있을 하늘색 눈의 인디오에 대해 말했다.
부모는 마침내 이 인디오를 찾아냈고(세세한 이야기는 대거
유실되어서 나로서는 잘 모르는 사안들을 꾸며 내고 싶지는
않다.), 아들이 맞다고 믿었다. 황야와 야만적인 생활에 의해
양육된 그 남자는 더 이상 자신의 원래 언어를 알아듣지
못했지만, 부모가 이끄는 대로 무심하게, 순순히 집으로
갔다. 그는 집 앞에서 멈춰 섰다. 아마도 다른 사람들이
멈춰 섰기 때문이리라. 그는 문이 무슨 용도인지 모르겠다는
듯 가만히 바라보았다. 그러더니 갑자기 고개를 숙이고,
고함을 치고, 현관 복도와 두 개의 긴 안뜰을 달려가
부엌으로 들어갔다. 그리고 단박에 검게 그을린 굴뚝에 팔을
집어넣더니, 어릴 때 그곳에 숨겨 두었던 뿔 손잡이 칼을
꺼냈다. 그의 눈은 기쁨으로 빛났고, 부모는 아들을 찾아서
울었다.

어쩌면 꼬리를 물고 다른 기억들이 더 났을 수도 있다.
그러나 그 인디오는 벽에 둘러싸여서는 살 수 없어서 어느
날 자신의 황야를 찾아 떠났다. 나는 그가 과거와 현재가
뒤섞여 버린 그 아찔한 순간에 어떤 감정을 느꼈는지 알고

싶다. 잃어버린 아들이 그 황홀한 순간에 다시 태어나고
죽었는지, 혹은 심지어 그가 마치 아기나 개처럼 부모와
집을 알아본 것인지 알고 싶다.

시뮬라크르
EL SIMULACRO

1952년 7월 어느 날, 상복 차림의 남자가 차코주(州)[22]의 그 작은 마을에 나타났다. 키가 크고, 마르고, 인디오처럼 생긴 사람으로 바보 천치 혹은 가면 같은 무표정한 얼굴을 하고 있었다. 사람들은 그를 존중했다. 그 사람 때문이 아니라 그가 연기하는 인물 혹은 그가 이미 되어 버린 인물 때문이었다. 그는 강 근처에 있는 집을 골랐다. 몇몇 이웃 여인의 도움으로 두 개의 가대(架臺) 다리 위에 판자를 깔고, 금발의 마네킹이 들어 있는 마분지 상자를 올려놓았다. 게다가 주위를 꽃으로 장식하고 큰 촛대에 촛불 네 개를 켰다. 이내 사람들이 몰려오기 시작했다. 절망에 빠진 노파들, 망연자실한 소년들, 공손하게 모자를 벗은 일용 노동자(peón)들이 상자 앞을 줄지어 지나며 저마다 "조의를 표합니다, 장군님."이라고 말했다. 남자는 상자 머리맡에서 임산부처럼 양손을 배 위에 포갠 채 애통해하며 사람들을 맞이했다. 그들이 내미는 손에 오른손을 뻗어 악수를 하면서 예절을 지키며 체념조로 "할 수 있는 일을 다 했지만 운명이었소."라고 답했다. 깡통에다 사람마다 2페소씩 받았고, 많은 이가 한 번의 조문으로 만족하지 못했다.

나는 자문한다. 대체 어떤 작자이기에 그 음산한 연극을 구상하고 실행한 것일까? 광신자? 슬픔에 겨운 이? 미친놈 혹은 사기꾼? 냉소적인 사람? 자기 자신이 침통한 홀아비 역을 애절하게 연기했던 페론이라도 되는 줄 아나?[23] 믿을

수 없는 이야기지만 실제로 있었던 일이다. 아마 한 번이
아니라 배우와 지역을 달리 하며 수없이 일어난 일이리라.
그 이야기에 비현실적이었던 한 시대의 완벽한 암호가
내재해 있고, 이는 마치『햄릿』에서 볼 수 있는 현실에서의
꿈의 재현 혹은 연극 속의 연극을 방불케 한다. 상복
차림의 그 사람은 페론이 아니고, 금발 마네킹도 그의
부인이 아니었다. 하지만 페론도 페론이 아니고, 에바도
에바가 아니었다. 페론과 에바는 빈민가 사람들의 맹목적인
사랑을 얻고자 용서할 수 없는 신화를 빚어낸 무명 또는
익명(그들의 비밀스러운 이름과 진짜 얼굴을 우리는
모른다.)의 사람들이었을 뿐이다.

델리아 엘레나 산 마르코[24]
DELIA ELENA SAN MARCO

우리는 온세 광장[25] 모퉁이에서 헤어졌다.

길 건너편 인도에서 나는 다시 당신을 쳐다보았다. 당신은 이미 뒤돌아선 채였고 손을 흔들어 '아디오스'[26]를 표했다.

차량과 사람들의 강이 우리 사이를 흐르고 있었다. 특별하지 않은 오후였고 시각은 다섯시였다. 그 강이 아무도 두 번 건널 수 없는 슬픈 아케론강[27]이었다는 것을 내 어찌 알았으랴?

그 뒤 우리는 보지 못했고, 당신은 일 년 후 죽었다.

지금 그 기억을 더듬어 보고 응시해 보니, 그 기억이 허위였다는 생각이 든다. 사소한 작별 뒤에 무한한 이별이 도사리고 있었던 것이다.

어젯밤 나는 저녁식사 후에 외출을 하지 않았다. 이런 일들에 대해 이해해 보고자 나는 플라톤이 스승의 입으로 말하게 한 마지막 가르침을 다시 읽었다.[28] 육체가 죽으면 영혼이 도망칠 수 있다는 글귀를 읽었다.

지금 나는 모르겠다. 진실이 불길한 추후 해석에 있는 것인지, 아니면 순진한 이별에 있는 것인지.

영혼이 죽지 않는다면, 작별을 강조할 일도 없기 때문이다.

'아디오스'라는 말은 헤어짐을 부정한다. 즉, '오늘 우리는 헤어지는 유희를 벌이지만 내일 다시 만날 것이다'라는 뜻이다. 인간은 자신이 우발적이고 덧없는 존재라는

것을 알면서도 불멸의 존재이겠거니 생각하기 때문에 '아디오스'라는 말을 창안했다.[29]

델리아, 언젠가 우리는 어느 강변에서인가 이 불확실한 대화를 다시 할 것이다. 그리고 자문할 것이다. 평원으로 사라지던 한 도시[30]에서 우리가 보르헤스이고 델리아였는지.

망자들의 대화
DIÁLOGO DE MUERTOS

그 사내는 1877년 겨울의 어느 날 아침 일찍 영국
남부에서 왔다.[31] 얼굴이 붉고, 건장하고 몸이 비대해서
거의 모든 사람이 그가 영국인이라고 생각할 수밖에 없었고,
사실 전형적인 존 불[32] 모습이었다. 그는 중절모를 쓰고
가운데가 묘하게 벌어진 양모 망토를 걸치고 있었다. 한
무리의 남녀와 아이들이 그를 초조하게 기다리고 있었다.
많은 이의 목에 붉은 선이 있었고, 어떤 이들은 머리가
없어서 어둠 속을 걷듯이 저어하고 주저하는 걸음걸이였다.
그들은 점점 이방인을 에워쌌다. 뒤에서 누군가가 그를
향해 악다구니를 썼다. 그러나 그들은 그 옛날의 두려움
때문에 감히 더 전진하지 못했다. 누르죽죽한 피부에 시뻘건
숯 같은 눈동자의 군인 하나가 앞으로 나섰다. 헝클어진
긴 머리와 음산한 수염이 그의 얼굴을 집어삼키는 듯했다.
호랑이 줄무늬 같은 십여 군데의 치명적인 상처 자국이
온몸에 있었다. 이방인은 그를 보자 안색이 변했다. 그러나
이윽고 앞으로 나아가 손을 내밀었다.

"배신자들의 무기에 쓰러진 존경스럽기 짝이 없는 전사를
보니 마음이 아프오!" 그가 단호한 어조로 말했다. "하지만
한편으로는 나는 깊이 만족하오. 사형을 명해 가해자들이
빅토리아 광장 교수대에서 죗값을 치르게 하였으니!"

피투성이 남자는 천천히 엄숙하게 말했다. "산토스
페레스와 레이나페 형제들 이야기라면, 내가 이미 그들에게

감사를 표했다는 사실을 알았으면 하오."[33]

로사스는 조롱이나 위협인가 싶어 그를 바라보았지만, 키로가는 계속 이렇게 말했다.

"로사스, 당신은 결코 나를 이해한 적이 없소. 우리의 운명이 그렇게 달랐는데 어찌 이해할 수 있었겠소? 당신은 유럽을 바라보는 도시,[34] 세계에서 가장 유명해질 도시가 될 곳을 통치하였소. 반면 나는 가난해진 가우초[35]들이 사는 가난해진 땅에서 아메리카의 고독 속에 싸워야 했소.[36] 나의 제국은 창과 함성, 모래벌판과 여러 오지에서 거둔 거의 알려지지 않은 승리들로 점철되어 있었소. 이를 어떤 식으로 기억해야 하겠소? 나는 사람들의 기억 속에 살고 있고, 오랜 세월을 더 그렇게 살 것이오. 왜냐하면 사륜포장마차를 타고 가다가 바랑카야코(Berranca Yaco)라는 곳에서 말을 타고 칼을 찬 이들에게 암살되었기 때문이오. 나는 당신에게 용맹스러운 죽음이라는 이 선물을 빚지고 있소. 그때는 고마운지 몰랐는데, 후세가 이를 잊고 싶어 하지 않았소. 당신도 석판화 걸작 몇 점과 산후안 태생의 위인이 쓴 흥미로운 저서[37]를 모르지는 않을 거요."

침착함을 되찾은 로사스는 경멸하듯 그를 바라보았다.

"당신은 낭만적인 사람이군." 로사스가 단호하게 말했다. "후세의 아첨이라고 해서 당대의 아첨, 휘장[38] 몇 개로 하는 전혀 무가치한 아첨보다 그다지 가치가 있는 것은 아니오."

"당신의 사고방식을 내 잘 알지." 키로가가 대답했다.
"너그러운 운명, 아니 어쩌면 당신을 속속들이 파헤치고자
했던 운명이 1852년의 어느 전투에서 당신에게 남자다운
죽음을 맞이할 기회를 주었소. 당신은 그 선물을 누릴
자격이 없다는 것을 보여 주었소. 전투와 피에 겁을
먹었으니까."[39]

"겁이라고?" 로사스가 따라 말했다. "남부[40]에서
야생마들을, 나중에는 온 나라를 길들인 내가?"

처음으로 키로가가 미소를 짓고는 천천히 말했다.

"나도 익히 알고 있소. 농장지기들과 일용 노동자들의
불편부당한 증언에 따르면, 당신이 말을 타고 한두 번
멋들어진 위업을 이루었다는 사실을 말이오. 하지만 그
시절 아메리카에는 마찬가지로 말을 타고 차카부코, 후닌,
팔마레돈다, 카세로스 같은 곳에서 위업을 이룬 이들이
있었소."

로사스는 동요 없이 듣고 있다가 이렇게 대답했다.

"나는 용감할 필요가 없었소. 당신이 말하는 내 위업의
하나는 나보다 더 용감한 사내들이 나를 위해 싸우고
기꺼이 죽게 만든 일이었으니까. 예를 들어 산토스 페레스는
당신을 끝장냈잖소. 용기는 인내심 문제요. 어떤 이들은 더
인내하고, 어떤 이들은 덜 인내하오. 하지만 조만간 다들
인내심이 다하는 법이오."

"그렇겠지." 키로가가 말했다. "그러나 나는 겁을 모르고 살았고, 죽음을 맞이했고, 오늘에 이르렀소. 그런데 요즘 사람들은 나를 지워 버리려 하고, 새로운 얼굴과 새로운 운명을 내게 부여하려 한다오. 역사가 폭력적인 인간들에게 지쳤기 때문에. 그 다른 사람이 누구일지, 나를 어떻게 할지는 모르겠지만, 그 사람 역시 겁이 없으리라는 것은 잘 아오."

"나는 내 모습 그대로이면 그뿐이오." 로사스가 말했다. "다른 사람이 되고 싶지 않소."

"돌도 영원히 돌로 남고 싶어 하오." 키로가가 말했다. "마침내는 부서져 가루가 될 때까지 수 세기 동안 돌로 있을 뿐이오. 죽음에 막 접어들었을 때는 나도 당신처럼 생각했소. 하지만 죽음 속에서 많은 것을 배웠소. 잘 생각해 보시오. 우리 둘 다 벌써 변하고 있소."

그러나 로사스는 그 말을 무시하고 마치 생각을 큰 목소리로 떠들며 하듯이 말을 이어 갔다.

"내가 죽어 있는 상태에 어울리는 사람이 아닌 게지. 하지만 이 장소들과 이 토론이 내게는 꿈처럼 느껴지고 있다오. 내가 꾸는 꿈이 아니라 장차 태어날 누군가가 꾸는 꿈처럼."

그들은 더 이상 말하지 않았다. 그 순간 누군가(Alguien)[41]가 그들을 불렀기 때문이다.

플롯
LA TRAMA

친구들의 무자비한 비수 때문에 동상 발치로 몰린
카이사르는 여러 얼굴과 칼날 사이에서 피후견인이자 아들
같은 존재였던 마르쿠스 유니우스 브루투스의 얼굴을
발견하고 완벽한 경악을 느낀다. 카이사르는 방어하다 말고
외친다. "브루투스 너마저." 셰익스피어와 케베도[42]가 연민을
자아내는 그 외침을 거둔다.[43]

운명은 반복, 변주, 대칭을 좋아한다. 19세기의 세월이
흐른 후 부에노스아이레스주 남부에서 한 가우초가 여러
명의 가우초에게 공격을 받는다. 그는 쓰러지면서 자신의
대자를 알아보고는 점잖은 질책과 느린 놀라움이 담긴
말투로 그에게 말한다.(이런 종류의 말은 읽지 말고 들어야
한다.) "하지만, 체[44]!" 그는 자신이 동일 장면의 반복을 위해
죽게 되었다는 것을 알지 못한 채 죽는다.

문제 하나
UN PROBLEMA

톨레도[45]에서 아랍어 글월이 적힌 종이 한 장이
발견되고, 고문서학자들이 세르반테스의 『돈키호테』를
낳은 시대 아메테 베넹헬리[46]가 쓴 것이라고 선언한다고
상상해 보자. 그 글귀에는 영웅 돈키호테(모두가 알다시피,
그는 칼과 창으로 무장하고 스페인을 떠돌아다니며 온갖
이유로 아무한테나 도전했다.)가 그가 임한 수많은 전투
중 하나에서 한 남자를 죽였다는 구절이 있다. 글월은 이
지점에서 잘린다. 문제를 하나 내겠다. 돈키호테가 어떤
반응을 보일지 알아맞히거나 추측해 보라.

내가 알기로는 세 가지 답이 가능하다. 첫 번째는
부정적인 성질의 답이다. 특별히 일어나는 일이 없다.
돈키호테의 환각적 세계에서는 죽음이 마법만큼이나
흔해서, 괴물 및 마법사들과 전투를 벌이거나 벌인다고
생각하는 그가 사람을 죽였다고 혼란에 빠질 일이 없기
때문이다. 둘째는 연민이 담긴 답이다. 돈키호테는 자신이
공상적인 이야기들의 독자인 알론소 키하노[47]의 투영이라는
사실을 결코 잊은 적이 없었다. 그래서 죽음을 접하고,
망상이 자신에게 카인의 죄를 범하게 했다는 사실을
깨닫는다. 그래서 완고한 광기에서 깨어난다, 어쩌면 영원히.
세 번째 답이 아마도 가장 그럴듯할 것이다. 사람이 죽어도
돈키호테는 그 끔찍한 행위가 정신착란의 산물이라는 것을
받아들이지 못한다. 그리하여 결과 현실이 돈키호테로

하여금 이 사건을 빚어낸 원인 현실을 상정하게 만들 뿐, 그가 광기에서 벗어나는 일은 결코 일어나지 않는다.

그러나 스페인에서, 심지어 서양에서도 생소한 또 다른 추측이 남아 있는데, 이는 더 오래고, 더 복잡하고, 더 피곤한 영역의 것이다. 이제 돈키호테는 더 이상 돈키호테가 아니라 힌두스탄[48]의 왕이다. 돈키호테는 적의 시신 앞에서 살육과 출생은 신 혹은 마법사의 행위이기 때문에 인간 조건을 훌쩍 초월하는 일이라고 직감한다. 그래서 죽은 자는 환영일 뿐이라는 것을 안다. 자기 손에 묵직하게 들려 있는 피 묻은 칼, 자기 자신, 자신의 모든 지난 삶, 온갖 종류의 신, 그리고 우주도 환영이듯이.

노란 장미
UNA ROSA AMARILLA

잠바티스타 마리노,[49] 즉 명예의 전당(마리노에게
소중했던 이미지를 사용하자면)에 이미 오른 이들이
만장일치로 새로운 호메로스요 새로운 단테라고 선언한
그 저명인사가 죽음을 맞이한 때는 그날 오후도 다음
날 오후도 아니었다. 죽음이 임박했을 때 조용히 발생한
그 불변의 사건이야말로 그의 삶의 마지막 순간이었다.
천수와 영광을 한껏 누린 그는 널찍한 스페인산 장식 기둥
침대에서 죽어 가고 있었다. 몇 걸음 떨어진 곳에 서쪽으로
난 평온한 발코니가, 그 아래로는 대리석, 월계수, 직사각형
연못에 투영되는 계단식 정원이 당연히 있었으리라. 한
여인이 포도주 잔에 노란 장미 한 송이를 꽂았다. 마리노는
불가피하게 시구를 읊는다. 솔직히 말하면, 이제 자신에게도
다소 지겨운 행위이다.

　　　정원의 자줏빛, 목장의 화려함,
　　　봄의 싹, 4월의 눈[目]……

그때 깨달음을 얻었다. 아담이 낙원에서 장미를 볼 수
있었듯이 마리노도 장미를 보았다. 그리고 느꼈다. 장미가
자신의 시 속이 아니라 장미 자신의 영원성 속에 있고, 우리
인간은 그 영원을 언급하거나 암시할 수는 있어도 표현할
수는 없고, 방 한구석에서 황금빛 음영을 형성하고 있는 그

길쭉하고 도도한 물체가 (마리노 자신이 허영심에 사로잡혀 꿈꾸어 온 것처럼) 세계의 거울이 아니라 세계에 추가된 또 하나의 물건이라는 사실을.

　마리노는 죽기 전날 이 깨달음에 이르렀다. 호메로스와 단테 역시 동일한 깨달음에 이르렀으리라.

증인

EL TESTIGO

신축 석조 교회의 그늘 께에 있는 마구간에서 회색 눈, 회색 수염의 남자가 가축 냄새가 진동하는 가운데 마치 잠을 청하듯 죽음을 겸허하게 청한다. 광막하고 비밀스러운 법칙에 충실하게, 낮은 그 초라한 곳 내부의 그림자들의 위치를 차츰차츰 옮기고 뒤섞는다. 바깥에는 쟁기질한 농토와 낙엽에 막힌 도랑이 있고, 숲이 시작되는 곳의 검은 진흙에는 늑대 흔적이 남아 있었다. 남자는 사람들에게 잊힌 채 잠을 자고 꿈을 꾼다. 기도 시간을 알리는 종소리가 그를 깨운다. 종소리는 영국의 왕국들에서는 이제는 저녁 풍습이다. 하지만 그 남자는 소년 시절 종소리를 들으며 오든[50]의 얼굴, 신성한 공포와 환희, 로마 동전들과 무거운 옷이 치렁치렁한 투박한 나무 신상, 말과 개와 포로들의 희생 제의를 보았다. 동이 트기 전에 그는 죽을 것이고, 이와 함께 그가 막 목격한 이교도 의식의 마지막 모습들도 함께 사라져 다시는 되풀이되지 않으리라. 이 색슨인이 죽으면 세상은 좀 더 빈약해지는 것이다.

공간을 차지하고 있다가 누군가가 죽을 때 최후를 맞이하는 사물들에 우리는 경이로움을 느낄 수 있다. 그러나 하나의 사물, 아니 무한한 숫자의 사물들이 한 인간이 죽을 때마다 함께 죽는 것이다. 신지학자들의 주장처럼 우주 자체가 기억력을 지니고 있는 것이 아니라면 말이다. 그리스도를 보았던 마지막 눈이 눈을 감은 날이

있었다. 후닌 전투[51]도 헬레네[52]의 사랑도 한 인간의 죽음과
함께 죽었다. 내가 죽는 날에는 무엇이 나와 함께 죽을까?
세계는 어떤 애처로운 혹은 허약한 이미지를 잃게 될까?
마세도니오 페르난데스의 목소리, 세라노 길[53]과 차르카스
거리가 만나는 공터의 암갈색 말 모습, 마호가니 책상 서랍
속의 유황 막대기[54]를 잃을까?

마르틴 피에로

MARTÍN FIERRO

위대해 보였던 군대, 그리고 그 후 어마어마한 영광을 얻어 진짜 위대하게 된 군대가 출정한 곳은 이 도시였다. 여러 해가 지나 병사 하나가 돌아왔고, 이방인의 말투로 이투사잉고[55]나 아야쿠초[56]라는 곳에서 자신이 겪은 일들을 들려주었다. 하나 지금은 언제 이런 일들이 있었나 싶다.

이 땅에는 두 번의 폭정이 있었다. 첫 번째 폭정 때 플라타 시장에서 출발한 마차의 마부석에서 사내 몇이 흰색 복숭아와 노란색 복숭아를 사라고 외쳤다. 한 어린 소년이 복숭아를 덮고 있는 천 끝을 들췄는데, 피투성이 수염의 중앙집권주의자들의 잘린 머리를 보았다.[57] 두 번째 폭정은 많은 사람에게 감옥이요 죽음이었고, 모든 사람에게 불쾌함, 매일 겪는 수치, 끝없는 굴욕이었다. 하나 지금은 언제 이런 일들이 있었나 싶다.

모든 언어를 아는 한 남자가 애정을 가지고 이 땅의 식물과 새들을 세심하게 살폈고, 이들을 정의했고,(아마도 영원히) 격렬한 일몰과 달의 모양에 대한 방대한 연대기를 금속의 은유로 썼다.[58] 하나 지금은 언제 이런 일들이 있었나 싶다.

또한 이 땅에서는 여러 세대에 걸쳐 그 공통의 부침들, 어쩌면 영원한 부침들을 겪었고, 이를 예술의 재료로 삼았다. 하나 지금은 언제 이런 일들이 있었나 싶다. 그런데 1860년대의 어느 해 어느 호텔방에서 어느 남자가 싸움

꿈을 꾸었다. 한 가우초가 단도로 흑인을 찔러 들어 올리고, 뼈 자루인 양 패대기치고, 고통에 몸부림치며 죽어 가는 그를 지켜보고, 웅크리고 앉아 칼을 닦고, 묶여 있던 말을 풀고, 남들이 도망친다고 생각할까 싶어 천천히 올라탄다. 이런 일이 무한히 되풀이된다. 그토록 위대한 부대는 온데간데없고, 초라한 단도 결투만 남았다. 한 사람의 꿈은 모든 사람의 기억의 일부분인 것이다.

변이

MUTACIONES

복도에서 나는 방향을 가리키는 화살표를 보았다. 그 무가해한 상징이 한때는 철제 무기, 테르모필레[59]에서 인간과 사자의 살에 박히고 태양을 가렸으며, 하랄 시구르드손에게 잉글랜드의 땅 6피트를 영원히 선사한[60] 피할 수 없고 치명적인 발사체였다는 생각이 들었다.

며칠 후, 어떤 사람이 나에게 마자르 기병[61] 사진을 보여 주었다. 그의 말은 가슴에 밧줄을 감고 있었다. 예전에는 허공을 가르며 목초지의 황소들을 제어하던 밧줄이 이제는 일요일 승마 차림을 위한 오만한 장식일 뿐이라는 것을 알게 되었다.

웨스트사이드 묘지에서 나는 붉은 대리석으로 조각된 룬 십자가[62]를 보았다. 원에 둘러싸여 새겨진 십자가의 두 팔은 곡선을 그리며 끝으로 갈수록 폭이 넓어졌다. 제약을 받고 있는 그 십자가는 두 팔이 자유로운 다른 십자가를 연상시키고, 이 십자가는 또한 신 하나가 고통을 겪고 사모사타의 루키아노스[63]가 "비열한 기구"라고 욕했던 사형 집행 도구를 연상시킨다.

인간의 오랜 도구였던 십자가, 밧줄, 화살은 오늘날 상징물로 격하 혹은 고양되었다. 도대체 내가 왜 이런 것들에 경이를 느끼는지 모르겠다. 망각의 늪에 빠지지 않을 사물, 또는 기억이 변질시키지 않는 사물이 이 땅에 단 하나도 존재하지 않건만, 또 미래가 그것들을 어떤 이미지로 바꿀지 아무도 모르건만.

세르반테스와 돈키호테의 우화
PARÁBOLA DE CERVANTES Y DE QUIJOTE

자신의 땅 스페인이 지겨워진 국왕군 노병이
아리오스토[64]의 광대한 세계에서 기쁨을 구하였다.
꿈에서나 존재하는 시절이 전개된 저 달의 계곡에서,
몬탈반[65]이 훔친 모하메드 황금 신상에서.

이 노병은 자신에 대한 가벼운 조롱으로 팔랑귀 남자를
구상했다. 경이로운 이야기들을 읽고 혹해서 엘토보소나
몬티엘[66]이라고 불리는 산문적 장소에서 공을 추구하고
마법을 찾는 한 남자를.

현실에 굴복하고 스페인에 굴복한 돈키호테는 1614년경
고향 마을에서 죽었다. 미겔 데 세르반테스도 얼마 더 살지
못했다.

이 두 사람에게, 이 몽상가와 몽상된 자에게 그 모든
플롯은 두 세계의 대립이었다. 기사도 문학의 비현실적인
세계와 17세기의 일상적 세계 사이의.

그들은 세월이 그 불화를 원만히 해소하리라 믿어 의심치
않았다. 라만차,[67] 몬티엘, 비쩍 마른 형상의 기사[68]가
미래에는 신드바드의 모험이나 아리오스토의 광대한 세계
못지않게 시적으로 여겨지리라 믿어 의심치 않았다.

왜냐하면 문학의 시초에도 신화가 있고, 그 끝에도
신화가 있기 때문이다.

데보토 병원, 1955년 1월

「천국편」[69] 31곡 108행
PARADISO, XXXI, 108

디오도로스 시켈로스[70]는 시신이 토막 나 여기저기
흩어진 어느 신에 대한 이야기를 한다. 황혼 속을 거닐거나
과거 어느 날을 되짚어 볼 때 무한한 것이 상실되었다고
느껴 보지 않은 사람이 어디 있으랴?

인간은 한 얼굴, 되찾을 수 없는 얼굴을 잃었다. 그래서
모든 사람이 다 로마에서 예수 얼굴이 새겨진 성녀
베로니카의 수의[71]를 보고 믿음으로 "예수님, 오 주여, 참된
주님이시여, 당신의 얼굴이 이러했습니까?"라고 중얼거린 저
순례자(지고천(至高天, empíreo)의 장미 아래 있는 것으로
상상된 순례자)가 되고 싶어 했다.[72]

길가에 얼굴이 새겨진 돌이 있고 '하엔에 있는 주님의
성스러운 얼굴을 그린 참 초상화'라는 문구가 새겨져 있다.[73]
만약 우리가 그리스도의 얼굴이 어떻게 생겼는지 진짜
안다면, 우화의 열쇠는 우리 것이고, 목수의 아들이 신의
아들이었는지도 알게 되었을 텐데.

바울은 그 얼굴을 자신을 쓰러뜨린 빛으로 보았다.
요한은 쨍쨍하게 비치는 태양으로 보았다. 여러 차례 온화한
빛의 세례를 받은 테레사 데 헤수스[74]는 결코 그리스도의
눈동자 색깔을 정확히 말하지 못했다.

우리는 그리스도의 모습을 잃어버렸다. 마치 일반적인
숫자들로 조합된 마법의 수를 잃어버리거나, 만화경을
통해 본 이미지를 영원히 잃어버리는 것과 매한가지이다.

우리는 그의 모습을 보고도 못 알아볼 수도 있다. 어쩌면 지하철에서 본 유대인의 외모가 그리스도의 외모일지도 모른다. 매표소에서 거스름돈을 내주는 손이 어느 날 병사들이 십자가에 못 박은 바로 그 손일지도 모른다.

십자가에 못 박힌 이의 얼굴 모습이 모든 거울에 도사리고 있을지도 모른다. 어쩌면 모두가 주 예수가 될 수 있도록 그 얼굴이 죽고 지워진 것일지도 모른다.

어찌 알겠는가? 오늘 밤 우리가 꿈의 미로에서 그 얼굴을 보고도 내일 바로 주 예수를 알아보지 못할지.

궁전 우화
PARÁBOLA DEL PALACIO

그날 황제는 시인에게 자신의 궁전을 보여 주었다. 먼
길을 나선 그들은 먼저 엄청나게 큰 원형극장 좌석을
방불케 하는 서편 계단식 정원을 지났다. 이 정원은 낙원을
향해, 혹은 금속 거울들 및 얼키설키 얽힌 두송(杜松)
울타리들이 이미 미로를 예고하는 정원을 향해 하강했다.
처음에는 마치 유희에 응하듯이 즐겁게 정원으로 사라졌다.
그러나 그 뒤에는 불안감이 없지 않았다. 직선 통로들이
사실은 아주 완곡하게 계속 꺾이면서 비밀스러운 원형
통로를 이루고 있었기 때문이다. 자정 무렵, 그들은
행성들을 관측하고 거북이 한 마리를 희생 제물로 삼은
끝에 마법에 걸린 듯한 그 지역을 벗어날 수 있었다. 그러나
길을 잃었다는 느낌은 끝까지 따라다녔다. 이윽고 부속실,
안뜰, 도서관들과 물시계가 있는 육각형 방을 지났고,
어느 날 아침 탑에서 돌 인간을 아스라이 보았지만 이윽고
영원히 보이지 않게 되었다. 백단향 카누를 타고 반짝거리는
무수한 강을 건넜다. 아니 어쩌면 하나의 강을 여러 차례
건넌 것일지도 모른다. 황제의 수행원들이 지나가면
사람들은 으레 땅바닥에 무릎을 꿇었다. 그러나 어느 날 한
섬에 도착했을 때 한번도 천자를 본 적 없는 사람 하나가
무릎을 꿇지 않아서, 망나니가 그자의 목을 베어야만 했다.
황제와 시인의 눈은 검은 머릿결과 검은 춤과 복잡한 황금
가면들을 무심하게 바라보았다. 현실과 꿈이 뒤섞였다.

아니 현실이 꿈의 한 형상이었다. 지구는 그저 정원,
연못, 건축물, 화려한 형상일 수밖에 없어 보였다. 일백
보마다 탑이 허공을 가르고 있었다. 눈으로 보기에는 다
똑같은 색깔이었다. 그러나 수없이 많은 탑이 있고 색깔이
점점 미묘하게 변해, 첫 번째 탑은 노란색이요 마지막은
주홍색이었다.

  마지막에서 두 번째 탑 아래에서 (모두에게 경이로움인
광경들에 무심했던) 시인은 짧은 시를 읊었다. 오늘날
확고하게 그의 작품이라고 하는 시였고, 최고로 품격 높은
역사가들이 되풀이하는 말에 따르면 시인에게 불멸과
죽음을 안겨 준 시였다. 시는 유실되었다. 어떤 이들은 한
행짜리 시로 이해하고, 또 어떤 이들은 한 단어짜리 시라
믿는다. 확실한 것은, 또 믿을 수 없는 것은 그 시 안에
거대한 황궁이 통째로, 또 자세히 담겨 있었다는 사실이다.
모든 멋진 도자기가, 모든 도자기에 새겨진 모든 그림이,
석양의 어스름과 빛이, 옛날 옛적부터 황궁에 살았던 인간,
신, 용들의 영광스러운 황실의 모든 불우한 혹은 행복한
순간이. 모두들 침묵했지만 황제가 외쳤다. "네가 내 궁전을
훔쳤구나!" 그리고 망나니의 칼이 시인의 목숨을 앗았다.

  다르게 이야기하는 사람들도 있다. 세상에는 동일한 두
가지 사물이 존재할 수 없다. 그들은 말하기를, 시인이 시를
읊자마자 궁전이 사라졌다. 마치 마지막 음절이 벼락을

내려 궁전을 없애 버린 듯이. 물론 그러한 전설들은 문학적 허구에 불과하다. 시인은 황제의 노예였고 노예로 죽었다. 그의 시는 망각될 만했기에 망각에 빠졌다. 그의 후손들은 아직도 그 우주의 말을 찾고 있는데, 결코 찾지 못할 것이다.

전부 혹은 전무
EVERYTHING AND NOTHING

그의 내면에는 아무도 존재하지 않았다. 그의 얼굴,(그 시절 초상화들이 시원치 않아서 거기서 거기였는데도 불구하고 그 누구의 얼굴도 닮지 않았다.) 또 수다스럽고 환상적이고 설레는 그의 말 뒤에는 약간의 냉랭함, 누구도 꾼 적 없는 꿈이 도사리고 있었다. 그는 처음에는 모든 사람이 자기 같은 줄 알았다. 그러나 자신의 그 공허함에 대해 대화를 나누기 시작한 어느 동료가 이상하게 생각하고는 그의 잘못을 일깨워 주고, 사람이 자신이 속한 종(種)과 다르면 안 된다는 것을 영원히 느끼도록 했다. 그는 한때 치유 방법을 책에서 찾을 수 있으려니 해서 라틴어와 그리스어를 배웠다. 같은 시대를 살았던 누군가의 말마따나 "약간의 라틴어와 그보다 더 약간의 그리스어"를. 나중에는 인간의 기본 의례에 자신이 구하는 것이 있을까 싶어, 6월의 긴 시에스타 때 앤 해서웨이[75]에게 그 의례를 맡겼다. 그는 이십 대의 나이에 런던으로 갔다. 본능적으로 누군가인 척하기에 이미 능숙했다. 자신이 보잘것없는 사람이라는 것이 드러나지 않도록. 런던에서 그는 신이 자신을 위해 예정한 직업을 발견했다. 배우였다. 무대에서 다른 사람이 되는 유희를 벌였고, 청중은 그를 그 다른 사람으로 여기는 유희를 벌였다. 배우 일은 그에게 독보적인 행복감을 가르쳐 주었다. 아마 처음 겪는 행복이었으리라. 그러나 마지막 대사가 갈채를 받고 마지막 사자(死者)가

무대에서 퇴장하면, 비현실이라는 증오스러운 느낌이 그를 엄습했다. 더 이상 페렉스[76]나 티무르가 아니고 다시 보잘것없는 사람이 되었다. 이를 참지 못한 그는 또 다른 영웅들, 또 다른 비극적 이야기들을 상상하기 시작했다. 그리하여 육신은 육신의 숙명에 걸맞게 런던의 사창가와 선술집들을 전전하는데, 영혼에는 예언가의 경고를 무시하는 카이사르가, 종달새를 증오하는 줄리엣이, 운명의 여신이기도 한 마녀들과 황야에서 대화를 나누는 맥베스가 거처했다. 그 사람만큼 많은 사람이 되어 본 사람이 없어서, 마치 이집트의 프로테우스처럼 존재의 모든 모습으로 다 변신해 보았다. 그는 아무도 알아차리지 못하리라 확신하고 때로 작품 한 구석에 고백을 남겼다. 이를테면 리처드는 자신은 다중인격자라고 단언하고, 이아고는 "나는 겉보기와 달라요"라는 묘한 대사를 친다. 존재하고 꿈꾸고 연기하는 정체성에 영감을 얻어 남긴 유명한 구절들이었다.

그는 20년 간 그 연출된 환각 속에 살았다. 하지만 어느 날 아침, 칼에 맞아 죽는 수많은 왕, 만나고 엇갈리고 달콤하게 죽어 가는 수많은 연인이 되는 일이 질겁할 정도로 권태롭고 끔찍해졌다. 바로 그날 극장을 팔기로 결정했다. 일주일이 채 되기도 전에 고향 마을로 돌아왔고, 어린 시절의 나무와 강을 되찾았으며, 결코 이것들을 과거 그의 뮤즈가 예찬하던 것, 즉 신화와 라틴어 구절에

등장하는 유명한 나무 및 강과 연관 짓지 않았다. 그는
누군가가 되어야 했다. 한 재산 모은 은퇴한 사업가로서
융자와 소송과 소규모 고리대금업에 흥미를 느낀다. 그리고
이 배역을 맡고 있었을 때 우리가 아는 그 무미건조한
유언장을 구술했다. 이 유언장에서는 모든 감상적 혹은
문학적 특색이 의도적으로 배제되었다. 런던 친구들이 그가
은퇴해 있던 곳을 방문하곤 했고, 그러면 그는 이들을 위해
시인 역할을 다시 하곤 했다.

생전이었는지 사후였는지 모르지만, 역사는 그가
하느님을 대면하고 이렇게 말했다 곁들인다. "하릴없이
그토록 많은 사람이 되었던 저는 단 한 사람, 바로 제가 되고
싶나이다." 하느님의 목소리가 돌개바람 속에서 대답했다.
"나 역시 내가 아니니라. 나의 셰익스피어여, 그대가 그대
작품을 꿈꾸었듯이 나도 세상을 꿈꾸었고, 나의 갖가지
꿈의 하나가 바로 그대이고, 그대는 나처럼 수많은 자이자
그 누구도 아니니라."

라그나뢰크[77]

RAGNARÖK

콜리지[78] 박사는 꿈에 나타나는 이미지는 우리가
원인이라고 생각하는 느낌이라고 적고 있다. 우리는
스핑크스의 억압 때문에 공포를 느끼는 것이 아니라, 우리가
느끼는 공포를 설명하기 위해 스핑크스 꿈을 꾼다. 만약
이것이 사실이라면, 단순히 스핑크스 형태를 기록으로
남긴다 해서 그날 밤의 꿈을 자아낸 기겁, 찬미, 경계심,
위협, 두려움, 기쁨을 과연 전달할 수 있을까? 그럼에도
불구하고, 나는 그 기록을 시도할 것이다. 그 꿈이 단지
하나의 장면으로 구성되어 있다 보니 본질적인 난관을
잊어버렸거나 가볍게 생각한 것일지도 모른다.

장소는 철문학부였고 시간은 해질녘이었다. (꿈에서
흔히 그렇듯) 모든 것이 약간 달랐다. 약간의 윤색이 현실에
가해졌다. 우리는 집행부 선출 중이었고, 나는 실제로는
오래 전에 사망한 페드로 엔리케스 우레냐[79]와 대화를
나누고 있었다. 갑자기 시위 혹은 거리 음악대의 굉음이
들려서 우리는 놀랐다. 인간과 동물들의 소란은 엘바호[80]
쪽에서 들렸다. "저기 온다!" 하고 외치는 목소리가 들렸다.
이어 사람들이 "신들이야! 신들!"이라고 외쳤다. 너덧 존재가
무리 사이에서 튀어나와 강당 연단을 점령했다. 모든 사람이
그들에게 박수갈채를 보내며 눈물을 흘렸다. 그들은 장구한
세월 추방되어 있던 끝에 돌아온 신들이었다. 연단에 서
있어서 더 크게 보였던 그들은 고개를 빳빳이 들고 가슴을

앞으로 내민 채 우리가 표하는 경의를 오만하게 받아들였다.
한 신은 나뭇가지를 들고 있었다. 물론 그저 꿈속 식물학의
산물이었다. 또 다른 신은 몸을 활짝 펴고 맹수 앞발
같은 손을 내밀고 있었다. 야누스의 얼굴을 한 이들 중
하나가 토트의 굽은 부리[81]를 의혹의 눈초리로 바라보고
있었다. 우리의 박수갈채에 고무되었는지, 나로서는 이미
누구인지도 분간 못할 신 하나가 별안간 의기양양한 닭
울음소리를 냈다. 입가심 소리와 휘파람 소리 같은 것이
어우러져 믿을 수 없을 정도로 고약했다. 그 순간부터
상황이 달라졌다.

　모든 것은 신들이 말을 할 줄 모른다는 의심(아마도
과장된 의심)에서 시작되었다. 장구한 세월 동안의 처절한
도피생활이 그들의 인간적 면모를 감퇴시켰다. 이슬람의
달과 로마의 십자가는 그 도망자들에게 무자비했다. 푹
꺼진 이마, 누런 치아, 물라토나 중국인처럼 성긴 콧수염,
짐승처럼 두툼한 입술은 올림푸스 신족이 퇴화했음을
말하고 있었다. 그들의 의복은 고상하고 기품 있는
가난보다는 엘바호의 도박장과 사창굴의 방탕한 사치에
상응했다. 단춧구멍에는 붉은 카네이션이 선연했고, 꽉 끼는
양복저고리에는 단도 윤곽이 느껴졌다.[82] 갑자기 우리는
그들이 마지막 패를 꺼내 들었고, 늙은 포식자들처럼
의뭉스럽고 무지하고 잔인해서 만약 우리가 두려움이나

연민에 휘둘리면 우리를 파멸시키리라는 것을 느꼈다.

우리는 각자 묵직한 리볼버를 꺼내(꿈에 불현듯 리볼버가 있었다.) 즐겁게 신들을 죽였다.

「지옥편」[83] 1곡 32행

INFERNO, I, 32

12세기 말 한 마리 표범이 나무판자, 수직 쇠창살, 계속
바뀌는 사람들, 벽, 그리고 어쩌면 마른 나뭇잎들이 흩어져
있는 석조 해자를 여명에서 황혼까지 계속 쳐다보았다.
표범은 자신이 사랑과 잔인함을, 발기발기 찢어 버릴 때의
뜨거운 쾌감과 사슴 냄새 실려 있는 바람을 갈망한다는
사실을 알지 못했고, 알 수 없었다. 그러나 뭔가 속이
답답해서 반기를 들었다. 그러자 신이 꿈에 나타나 표범에게
말하였다. "너는 이 우리에서 살고 죽으리로다. 내가 아는
인간 하나가 너를 예정된 만큼 여러 차례 보고, 똑똑히
기억하고, 네 형상과 상징을 시에 담고, 우주를 자으면서
딱 들어맞는 자리에 그 시를 사용할 수 있도록. 너는
비록 영어의 몸으로 살겠지만 그 시의 시어로 남으리라."
꿈속에서는 신이 어리석음을 일깨워 주자 표범이 납득하고
그 운명을 받아들였다. 그러나 잠에서 깨어나자 표범의
내면에는 모호한 체념과 강력한 무지만 감돌 뿐이었다.
왜냐하면 세상이라는 기계는 너무나 복잡한데 맹수는
단순하기 짝이 없기에.

세월이 흐른 후, 단테는 여느 인간들처럼 너무도 부당하고
너무도 고독하게 라벤나에서 죽어 가고 있었다. 꿈속에서
신이 그의 삶과 노작에 대한 비밀스러운 의도를 말해
주었다. 단테는 경악하여 마침내 자신이 누구이고 무엇인지
알게 되었고, 자신의 쓰라린 마음을 '축복'했다. 전해지는

이야기에 따르면, 단테는 꿈에서 깨어났을 때 무한한 것을
받았다가 상실했다는 사실을 깨달았다 한다. 결코 되찾을
수 없고, 심지어 다시는 어슴푸레 볼 수조차 없을 그
무엇인가를. 왜냐하면 세상이라는 기계는 너무나 복잡한데
인간은 단순하기 짝이 없기에.

보르헤스와 나
BORGES Y YO

이 일들은 다른 이, 즉 보르헤스에게 일어난 것이다. 나는 부에노스아이레스를 걷고, 남의 집 아치형 진입로와 안쪽 문을 살펴보면서(아마도 기계적으로) 소일한다. 보르헤스 소식은 우편으로 알 뿐이고, 학자 명단이나 인명사전에서 그의 이름을 본다. 나는 모래시계, 지도, 18세기 활자체, 어원, 커피의 맛, 스티븐슨[84]의 산문을 좋아한다. 보르헤스도 마찬가지로 그런 것들을 선호하지만, 허영심에 차 배우 장식품쯤으로 만들어 버린다. 우리 관계가 적대적이라고 말한다면 과장일 것이다. 나는 살고 있고, 삶에 나를 맡긴다. 보르헤스가 문학을 할 수 있도록 말이다. 그리고 그 문학은 나를 정당화한다. 보르헤스가 일부 가치 있는 글을 썼음을 기꺼이 인정하는 바지만, 그것들이 나를 구원하지는 못하리라. 진짜 가치 있는 글은 어느 개인이, 심지어 보르헤스가 쓴 것이 아니라 언어 혹은 전통의 산물이기 때문이다. 게다가 나는 결국은 사라질 운명에 처해 있다. 그저 나의 극히 일부 순간들만이 보르헤스 속에 살아남을 것이다. 비록 보르헤스가 왜곡하고 과장하는 사악한 습관이 있다는 것을 익히 알지만, 나는 조금씩 그에게 모든 것을 넘겨주고 있다. 스피노자는 만물이 자신의 존재 그대로 남기를 원한다는 것을 알았다. 돌은 영원히 돌이기를, 호랑이는 영원히 호랑이이기를 소망할 뿐이다. 나는 (내가 실제로 사람이라면) 나 자신이 아니라

보르헤스로 남을 것이다. 그러나 나는 보르헤스의 책들보다
수많은 다른 이들의 책들 혹은 공들인 기타 연주에서 더
많이 내 모습을 본다. 오래전부터 나는 그에게서 벗어나고자
했고, 관심사를 도시 변두리 신화에서 시간 및 무한과의
유희로 바꾸었다. 그러나 그 유희들은 이제 보르헤스의 것이
되어 버려서, 나는 다른 구상을 해야 할 것이다. 이처럼
내 인생은 도피 행각이고, 모든 것을 잃고, 모든 것이
망각되거나 보르헤스의 것이다.

우리 둘 중 대체 누가 이 글을 쓰고 있는지 모르겠다.

축복의 시[85] — 마리아 에스테르 바스케스[86]에게

POEMA DE LOS DONES

누구도 눈물이나 비난쯤으로 깎아내리지 말기를.
책과 밤을 동시에 주신
신의 경이로운 아이러니, 그 오묘함에 대한
나의 허심탄회한 심경을.

신은 빛을 여읜 눈을
이 책 도시의 주인으로 만들었다.
여명마저 열정으로 굴복시키는 몰상식한 구절구절을
내 눈은 꿈속의 도서관에서 읽을 수 있을 뿐.

낮은 무한한 장서를 헛되이
눈에 선사하네.
알렉산드리아에서 소멸한 필사본들처럼
까다로운 책들을.

(그리스 신화에서) 샘물과 정원 사이에서
어느 왕이 굶주림과 갈증으로 죽어 갔네.
높고도 깊은 눈먼 도서관 구석구석을
나는 정처 없이 헤매네.

백과사전, 아틀라스, 동양과 서양,
세기, 왕조,
상징, 우주, 우주론을
벽들이 하릴없이 선사하네.

도서관에서 으레
낙원을 연상했던 내가,
천천히 나의 그림자에 싸여, 더듬거리는 지팡이로
텅 빈 어스름을 탐문하네.

우연이라는 말로는 형용할 수 없는
무엇인가가 필시 이를 지배하리니.
또 다른 이가 또 다른 희뿌연 오후에
이미 수많은 책과 어둠을 받았지.

느릿한 복도를 헤맬 때
막연하고 성스러운 공포로 나는,
똑같은 나날, 똑같은 걸음걸음을 옮겼을
이미 죽고 없는 그라고 느낀다.

여럿인 나, 하나의 그림자인 나,
둘 중 누가 이 시를 쓰는 것일까?
저주가 같을진대
나를 부르는 이름이 무엇이 중요하랴?

그루삭[87]이든 보르헤스든,
나는 이 정겨운 세상이
꿈과 망각을 닮아 모호하고 창백한 재로
일그러져 꺼져 가는 것을 바라본다.

모래 시계
EL RELOJ DE ARENA

견고한 그림자를 드리우는
한여름의 막대기로 시간을 재든,
헤라클레이토스[88]가 우리네 광기를 보았던
강물로 시간을 재든 무슨 상관이랴.

불가항력적인 한낮의 그림자도,
자신의 길만 재촉하는
돌이킬 수 없는 물결도,
시간이나 운명과 매한가지이니.

상관없으리. 하나 시간은 사막에서,
죽은 자들의 시간을 재기 위해
고안된 듯한 부드럽고
무거운 또 다른 물질을 발견했네.

이리하여 사전 삽화용
알레고리 도구가 생겨나네.
잿빛 골동품상들이
잿빛 세계에 유배 보낼 물건이.

특이한 비숍[89]과 맥없는 칼,
희뿌연 망원경,
아편에 좀먹은 백단향(白檀香),
먼지, 우연, 무(無)의 잿빛 세계로.

냉혹하고 음산한 그 도구 앞에서
누군들 멈칫하지 않았으랴?
신의 오른손에 들린 큼직한 낫을 동반하고,
뒤러가 선을 되살린 그 도구 앞에서.[90]

열린 꼭지로, 엎어진 원뿔이
숙연하게 모래를 떨어뜨리니,
느릿한 황금이 풀려
오목한 유리 우주를 채우네.

미끄러져 아래로 향하다가,
낙하 순간 인간사처럼 급작스레
소용돌이치는 신비의 모래를
바라보는 희열이란.

모래의 주기는 바로 그러하네.
무한하네, 모래의 역사는.
이렇게, 너의 행복과 불행 속에,
철옹성 같은 영원은 심연이 되네.

낙하는 결코 멈추지 않지.
유리가 아니라 내가 피를 흘리네.
모래를 옮기는 의식은 무한하며,
모래와 함께 우리네 삶도 가네.

나는 믿네. 몇 분간의 모래 줄기에서
우주의 시간을 느꼈다고.
기억이 자신의 거울에 매장한 그 역사를,
혹은 마법의 레테[91]가 용해시킨 그 역사를.

연기 기둥과 불기둥,
카르타고와 로마의 숨 가쁜 전쟁,
요술사 시몬,[92]
색슨 왕이 노르웨이 왕에게 제공한 7피트의 땅,[93]

수많은 모래알의 쉼 없이 유려한 줄기가
모든 것을 쓸어 가고 없애 버리네.
나도 구원받지 못하리.
덧없는 시간의 우발적 산물이기에.

체스
AJEDREZ

1

심각한 구석에서
대국자들이 느릿한 말을 다루네.
체스판이 동틀 녘까지 그들을 붙잡아 두네,
두 색이 서로 증오하는 냉혹한 영역에.

내부 형상들이
마법과 같은 준엄함으로 번득이네.
영웅적 성탑, 날렵한 말, 무장한 여왕,
후방의 왕, 대각선으로 움직이는 주교, 저돌적 병졸.

대국자들이 자리를 떴을지라도,
시간이 그들을 소진시켰을지라도,
제식은 멈추지 않았으리.

동방에서 불을 뿜었던 전쟁이
지금은 온 세상을 무대로 하네.
여느 유희가 그렇듯, 이 놀이도 무한하리.

2

나약한 왕, 편향적인 주교, 성마른 여왕,
정공(正攻)을 펼치는 성탑과 의뭉스러운 병졸들이
흑백의 길 위에서
구하던 싸움을 일으키네.

대국자가 가리키는 손이
운명을 지배하는 줄도 모르고,
금강석 같은 준엄함이
의지와 판세를 좌우하는지도 모른 채.

대국자 역시 낮과 밤의 명암이 교차되는
또 다른 게임판의 포로라네.
(오마르[94]의 선고에 따라.)

신은 대국자를, 대국자는 말을 조종하네.
신 뒤에 또 어떤 신이 숨어
티끌, 시간, 꿈, 임종의 드라마를 시작하는 걸까?

거울

LOS ESPEJOS

나는 거울에 공포를 느꼈네.
상(像)들만의 거짓 공간,
거처할 수 없는 공간이 다하고 시작하는
침투할 길 없는 거울 면 앞에서는 물론,

파문이 일거나, 역상(逆像)의 새가 이따금
환영의 날갯짓을 아로새기는 수면,
자신만의 심연의 하늘에 또 다른
푸르름을 모방하는 그 수면 앞에서도

아련한 대리석과 장미의 순백색을
꿈처럼 답습하는 윤기를 지닌
오묘한 흑단의
고즈넉한 표면 앞에서도.

유전(流轉)하는 달빛 아래
당혹스러운 세월을 숱하게 방랑한 뒤, 오늘
나는 어떤 운명의 장난으로
거울에 공포를 느끼게 된 것인지 묻는다.

금속의 거울들,
응시하고 응시되는 얼굴이
붉은 노을 안개 속에 흐릿해지는
마호가니 가면 거울,

그 옛날 협약의 근원적 집행자들이
잠들지도 않고 숙명처럼,
생식하듯 세계를 복제하는 것을
한없이 바라보고 있네.

그들이 자신의 현란한 거미줄에
이 모호하고 덧없는 세계를 연장시키네.
죽지 않은 한 인간의 숨결이
이따금씩 오후에 거울을 흐릿하게 하지.

거울이 우리를 노리고 있네.
네 벽으로 둘러싸인 침실에 거울이 하나 있다면,
나는 이미 혼자가 아니지. 타인이 있는 것이네.
여명에 은밀한 연극을 연출하는 상(像)이.

신비스러운 랍비들처럼
거꾸로 책을 읽는 거울의 방에서는
모든 일이 일어나지만
아무것도 기억되지 않네.

어느 날 오후의 꿈속 왕이었던 클로디어스[95]는
한 배우가 무대에서 그의 비열함을
무언극으로 연출한 그날까지
한바탕 꿈인 줄 몰랐네.

기묘한 일이지.
꿈이 존재하고 거울이 존재한다는 것은.
상투적이고 마모된 일상에 상(像)들이 획책한
심오한 환영의 세계가 존재하는 것은.

(나는 늘 생각하였네)
신은 거울 면의 매끈함으로 빛을,
꿈으로는 어둠을 만드는
온통 불가사의한 건축술에 골몰한다고.

인간이 한낱 반영과 미망임을 깨닫도록
신은 꿈으로 수놓은 밤과
갖가지 거울을 창조하였네.
그래서 우리는 흠칫할 수밖에.

엘비라 데 알베아르[96]

ELVIRA DE ALVEAR

그녀는 모든 것을 가졌지만
모든 것이 천천히 그녀를 버렸네.
모두가 아름다움 그 자체인 그녀를 보아 왔지.
아침 그리고 화창한 정오는 창공으로부터
그녀에게 지상의 아름다운 왕국들을 보여 주었네.
오후가 그것들을 지워 나갔지.
(무한한 잠재적 원인망인) 천체는
그녀에게 호의를 베풀었지.
아랍 융단처럼 거리(距離)를 뛰어넘고
소망과 소유를 혼동시키는 행운을,
처절한 고통들을 음악, 속삭임, 상징으로
승화시키는 시적 재능을,
그리고 열정도 주었고,
이투사잉고 전투[97]와 월계수의 무게를
핏줄에 흐르게 했으며,
정처없이 흐르는 시간의 강과(강이자 미로)
오후의 느긋한 빛깔 속에서
헤매이는 열락을 주었지.
모든 것이 그녀를 버렸다네,

한 가지 외에.
넉넉한 품성이 거의 천사처럼
신열과 죽음을 넘어
그녀의 마지막 순간까지 동행했네.
오래전 엘비라에게서 처음으로 본 것도,
그리고 마지막으로 본 것도 미소였다네.

수사나 소카[98]

SUSANA SOCA

오후의 흩어지는 색조를
그녀는 느긋한 애정으로 바라보았지.
어려운 선율이나 시의 진기한 삶 속을
헤매는 것을 즐겼다네.
붉은 원색이 아닌 회색이
미묘한 그녀 운명의 실을 자았지.
유별난 운명,
머뭇거림과 다채로움으로 발휘될 운명을.
당혹스러운 이 미로에
감히 발을 내딛지 못하고
거울 속의 또 다른 그 귀부인처럼
형체, 소동, 역정(歷程)을 바깥에서 엿보았지.
인간의 애원을 아랑곳 않는 신들이
그녀를 불이라는 그 호랑이에게 버렸네.

달

LA LUNA

역사가 전하네.
실제, 상상, 의혹의 일들이
무수히 교차했던 옛날 옛적,
한 권의 책에 우주를 담으려는

터무니없는 계획을 품은 이가
한없는 열정으로 임한
고귀하고 치열한 원고를 마치며
공들인 마지막 행을 낭송했네.

운명의 여신에게 감사를 표하려 했지.
그런데 눈을 들었을 때
공중에서 빛나는 원을 보고 얼이 빠졌네.
달을 잊었던 거지.

설령 허구일지라도,
이 이야기는 우리네 삶을 언어로 바꾸는
일을 하는 이들에게는
저주를 연상시키네.

본질은 언제나 상실되는 것.
영감을 지배하는 절대적 법칙이지.
달과의 내 오랜 실랑이에 대한
다음 요약도 피할 수 없을.

나는 달을 어디서 처음 봤는지 모르네.
그리스인이 말한 전생의 하늘에서였는지,
우물과 무화과나무의
정원으로 저무는 오후에서였는지.

유전하는 이 삶은
어찌 되었든 무척 아름다울 수도 있지.
그리고 그녀와 함께 달을 바라본
오후도 있었네. 아, 우리가 공유했던 달이여.

내겐 한밤중 달보다
시 속의 달이 더 기억나네.
발라드를 공포로 물들인 마법에 걸린 월룡(月龍),
케베도의 피비린내 나는 달.

요한은 흉악한 경이와
잔혹한 환희의 책에서[99]
붉은 선혈이 낭자한 달을 논하지.
한층 영롱한 은빛 달도 있지.

(구전되기를)
피타고라스는 거울에 피로 글을 썼고,
또 다른 거울인 달에서
사람들이 그 반영을 읽었네.

커다란 늑대가 사는 강철 밀림이 있네.
마지막 오로라가 바다를 붉게 물들일 때
달을 쓰러뜨리고 죽음을 내리는
기이한 운명을 지녔지.

(예지자 북극성도 아는 일이었네.
사자(死者)의 손발톱으로 만든 배가 그날,
온 세상의 열린 바다에 악취를 퍼뜨리리라는 것
또한 알고 있다네.)

제네바에서인지 취리히인지
운명이 나 역시 시인이 되기를 원했을 때,
달을 정의해야 한다는 은밀한 의무를
남들처럼 짊어졌지.

일종의 학구적 번민에 싸여
온갖 어줍잖은 달에 대한 수사를 탕진했네.
루고네스가 이미 호박(琥珀)이나 모래로
표현했을지도 모른다는 극심한 두려움에 싸여.

아스라한 상아, 연기, 차가운 눈이
시에서 빛을 발했던 달들이네.
활자에 다다르는 지난한 영예는
얻을 수 없었지만.

에덴동산의 붉은 아담[100]처럼,
시인이란 각 사물마다
알려지지 않았던 정확하고 참된 이름을
붙이는 이라고 생각했네.

아리오스토가 내게 가르쳐 주었지.
하 수상한 달에는
꿈, 움켜쥘 수 없는 어떤 것, 상실의 시간,
본질적으로는 똑같은 가능과 불가능이 거주한다고.

아폴로도로스[101]는 세 가지 형상을 한 디아나[102]를 통해
마법의 그림자를 언뜻 보는 것을 내게 허락했네.
빅토르 위고는 내게 황금 낫을 주었고,
어느 아일랜드인은 그의 검은 비극적 달을 주었네.

그리고 내가 신화 속의
달들의 광맥을 탐문하고 있을 때,
길모퉁이만 돌면
날마다 하늘에 달이 떠 있었네

모든 단어 중 달을 기억하고 형상화할
하나가 있음을 나는 아네.
그것을 겸허히 사용하는 것이 비결이지.
달이라는 단어네.

나는 이제 미망의 이미지로 감히
달의 지순한 출현을 더럽히지 않지.
내 문학을 초월하는
불가해하고 일상적인 달.

나는 아네.
달 혹은 달이라는 단어는
여럿이고 하나인 기묘한 존재, 인간이
복잡한 글쓰기를 위해 창조한 어휘임을.

영광스러운 환희의 날이나 죽음의 날에 이르러서야
그것의 참 이름을 쓸 수 있도록,
운명 혹은 우연이
인간에게 준 하나의 표상이지.

비
LA LLUVIA

가랑비가 내리니
갑자기 오후가 갠다.
내리고 있는지 이미 내렸는지.
분명 비는 과거에 일어나는 일이지.

빗소리를 듣는 이는
그지없는 행운이
장미라 부르는 꽃과 유채색 신기한 색조를
현현시키던 그 시간을 회복하였네.

유리창을 눈멀게 하는 이 비가,
사라진 변두리의 사라진 뜰
포도 덩굴의 검붉은 알갱이에

생기를 돋우겠지. 젖은 오후가
죽지 않고 회귀하는
아버지 목소리를 들려주네.

어느 크롬웰군 대위의 조상(彫像)에 부쳐

A LA EFIGIE DE UN CAPITÁN DE LOS EJÉRCITOS
DE CROMWELL

하느님의 시편에 영감을 준
마르스[103]의 성벽들도 그를 굴복시키지 못하리라.
전투를 주시했던 두 눈이
또 다른 빛(또 다른 세기) 속에서 바라보네.
강철 칼날을 손아귀에 쥐고.
초록의 땅에서 전쟁이 벌어지네.
그 짙은 초록 너머에
잉글랜드, 말[馬], 영광, 너의 여정이 있고.
대위여, 열정은 허상이고,
갑옷도 어느 날 문득 스러질
인간의 집착도 속절없다네.
아득한 세월 전에 모든 것이 종결되었으니.
너를 상처 입혔을 강철 칼날은 녹슬었네.
(우리들처럼) 너의 운명은 예정되어 있었지.

어느 늙은 시인에게[104]
A UN VIEJO POETA

카스티야 들판을 걷고 있지만
거의 그곳을 보지 못합니다.
난해한 요한 계시록 한 구절에 골몰해,
황혼도 아예 보지 못합니다.

모호한 빛이 신열을 앓고,
동쪽 끝 저 멀리에
분노의 거울 같은
조롱의 달, 주홍색 달이 차오릅니다.

당신은 눈을 들어 달을 봅니다.
무언가 기억 한 자락이
펼쳐지다 사그라듭니다.

활기 없이 머리를 수그린 채 슬피 걸을 뿐입니다.
당신이 쓴 시구도 기억 못 한 채.
'그리고 그의 비문은 피비린내 나는 달.'

또 다른 호랑이[105] "그리고 유사하게 창조하는
기술"— 모리스, 『볼숭가(家)의 시구르드』(1876)[106]

EL OTRO TIGRE

나는 한 마리 호랑이를 생각하노라.
어둠이 깔려, 분주한 도서관이 광활해지고,
서가(書架)도 아득해지네.
강하고 순수하고 피투성이의
새로운 호랑이가
자신의 밀림과 아침을 어슬렁거리며,
이름 모를 강가 진흙 벌에 자국을 남기리라.
(그의 세계는 이름도, 과거도, 미래도 없는
찰나의 세계일 뿐.)
야만적 거리(距離)를 도약하고,
난마(亂麻) 같은 냄새의 미로에서
여명의 내음과 열락의 사슴 내음을 찾아다니리라.
나는 무늬진 대나무들 사이로
호랑이 줄무늬를 판독하고,
요동치는 찬란한 호피에
감싸인 골격을 짐작하네.
드넓은 바다와 사막이
가로놓여 있다 한들 무슨 소용이랴.
머나먼 남아메리카 항구에 있는
이 집에서 내 너를 쫓고 꿈꾸고 있거늘.
오, 갠지스 강변의 호랑이여!

영혼에 오후가 흩뿌려지고
나는 성찰하노라.
내 시가 떠올리는 호랑이는
상징과 허상, 일련의 문학적 비유,
백과사전의 기억일 뿐,
수마트라와 벵골에서
태양과 유전하는 달 아래
사랑, 한가함, 죽음의 일상을 수행하는
섬뜩한 호랑이, 불길한 보석이 아니라고.
나는 상징들의 호랑이에
뜨거운 피가 흐르는 진정한 호랑이를,
버펄로 떼를 몰살하고
1959년 8월 3일 오늘
초원에 한숨 돌린 그림자를 늘어뜨리는 호랑이를
대비시켜 보았다.
하나 그를 거명하고 주위를 상상한다는 것만으로,
그는 이미 대지를 떠도는 살아 숨 쉬는 피조물이 아닌
예술의 가공물이 되고 말았네.

세 번째 호랑이를 찾을 것이다.
신화에서 벗어나 대지를 내딛는 참 호랑이가 아니라,
다른 호랑이들처럼 역시
내 꿈의 한 형태,
인간의 한 언어 체계가 되고 말 것이지만.
나는 이를 잘 알고 있노라.
하나 불확실하고 무분별한 이 해묵은 모험을
무엇인가가 내게 강요하네.
그리하여 오후 내 나는 시 속에서만 살지 않을
또 다른 호랑이 모색에 집착하노라.

"맹인 퓨"[107]

BLIND PEW

바다와 아름다운 전쟁에서 멀리 벗어나,
(애착은 이렇게 상실한 것을 예찬하는 법)
맹인 해적이 영국의
흙투성이 길을 쏘다녔네.

장원의 짖어 대는 개들과
마을 아이들의 야유 속에,
검은 먼지투성이 도랑에서
욱신거리는 선잠을 청했지.

머나먼 황금 해변에 은닉된 보물이
자기 것임을 알았으니,
이것이 그의 역경에 위안거리였지.

너에게도 역시 또 다른 황금 해변에서
썩지 않고 기다리는 보물이 있네.
광대하고, 막연하고, 필요한 죽음이.

일천팔백구십몇년의 어느 그림자

ALUSIÓN A UNA SOMBRA DE MIL OCHOCIENTOS NOVENTA Y TANTOS

무(無). 오직 무라냐[108]의 비수.
오직 흐린 오후에만 역사가 실종되네.
한 번도 본 적 없는 이 살인자가
오후마다 나를 쫓는 이유를 모르겠네.
팔레르모[109]는 더 낮았지.
노란 감옥 장벽이 변두리 동네와 진흙 벌판을 지배했네.
그 거친 지역을
추잡한 비수가 횡행했지.
비수.
결기(coraje)를 천직으로 삼았던
용병의 얼굴은 지워지고,
그림자와 금속 광채만이 남았네.
대리석 윤기조차 삭이는 세월이여,
후안 무라냐, 이 굳건한 이름을 구원하기를.

프란시스코 보르헤스 대령(1833-1874)[110]의 죽음

ALUSIÓN A LA MUERTE DEL CORONEL
FRANCISCO BORGES(1833-1874)

나는 당신을 말 위에, 죽음을 찾아 나서신
황혼의 바로 그 시각에 둡니다.
당신의 운명이 거쳐 간 모든 시간 중
이 시간만이 쓸쓸히 승리를 구가하며 영속할지어다.
백색 말, 백색 판초 우의로
들판을 전진하네.
저며 드는 죽음이 소총마다 서렸는데.
프란시스코 보르헤스는 서글프게 평원을 가로지르네.
당신을 에워싼 것은 산탄(散彈)이며,
당신이 바라보시는 것은 광대무변의 팜파이니,
당신이 평생을 보고 들으신 모든 것이네.
당신은 일상에 임하시네. 전투라는 일상에.
이 시가 거의 각색하지 않은 그 서사적 우주에
나는 당신을 드높이 둡니다.

알폰소 레예스[111]를 추모하며 IN MEMORIAM A. R.

우주라는 꿈을 지배하는
모호한 운명 혹은 필연적 법칙이
알폰소 레예스와 유려한 시간을
나누도록 허락했다네.

이 나라 저 나라를 옮아 다니며
가는 곳마다 뿌리를 내리는 기예,
신드바드도 오뒷세우스도 몰랐던 기예를
그는 제대로 알고 있었지.

기억의 화살이 뇌리를 스칠 적엔,
그 난폭한 금속 병기로
길고 느릿한 알렉산더격 시행[112]이나
비탄에 잠긴 애가(哀歌)를 세공했지.

인간적인 희망이 작품에 깃들었고,
망각되지 않을 시행과 조우하고
스페인어 산문을 새로이한 것은
그의 삶의 광채였지.

뒤늦게 거쳐 간 미오 시드[113]와
무명으로 남고자 하는 무리를 넘어,
룬파르도[114]를 사용하는 변두리의
사라질 문학도 훑었다네.

마리노의 다섯 정원에서 머뭇거렸지.
하나 까다로운 연구와 성스러운 의무를 선호하는
본질적인 불멸의 어떤 것이
그에게 내재해 있었네.

말하자면 사색의 정원을 선호했지.
포르피리오스[115]가
허상과 착란 앞에서
시작과 끝의 나무를 곧추세웠던.

뛰어남과 모자람을 주관하는
신의 불가해한 섭리는 우리 몇몇에게
부채꼴 혹은 아치만을 주었지.
하지만 레예스, 당신에게는 완전한 원을 주었네.

당신은 명성이나 겉치레가 감춘
행복이나 슬픔을 찾았지.
에리게나[116]의 신처럼
모두가 되고자 그 누구도 아니기를 원했던 것이네.

당신의 문체는 광대하고 섬세한 광채,
장미 그 자체에 이르렀고,
당신의 선조들의 무인 피는
신의 전쟁에 기쁨으로 회귀했지.

(나는 묻네) 이 멕시코인은 어디에 있을까?
변함없을 원형(原型)적 얼굴이나 손을,
괴이한 스핑크스 앞에 선
오이디푸스의 공포로 바라보고 있을까?

또는 스베덴보리[117]가 원했던 것처럼,
저 높이 있는 천상의 아우성의 반영일 뿐인
이 지상보다 더 생동감 있고 복잡한 세계를
방랑하고 있을까?

(라카와 흑단의 제국이 가르쳐 주듯)
기억이 자신만의 은밀한 에덴을 만들면,
또 다른 멕시코와 쿠에르나바카[118]가
지금 영광을 누릴 것이니.

운명이 피안에서 인간에게 제공하는
빛깔들을 신은 알고 있지.
나는 거리를 거닐고 있네.
아직 내게 죽음은 멀리 있는 것이지.

나는 단지 한 가지 사실만 아네.
(대양이 그를 어디에 내동댕이쳤든)
알폰소 레예스는 행복과 번민으로
또 다른 불가사의와 우주의 법칙에 몰두하리라는 것을.

종려 가지와 승리의 선고를
비할 바 없는 그이에게 헌정합시다.
그를 기억하며 우리의 사랑을 새기는
이 시가 내 눈물을 바래게 하지 말기를.

보르헤스 가문

LOS BORGES

포르투갈인 선조 보르헤스 일가[119]에 대해
나는 전혀, 아니 거의 모르지.
습성, 엄격함, 두려움을 이 내 육신에
암암리에 물려준 모호한 일가.
아예 존재하지 않았던 양 희미하고
예술 행위와도 무관한데,
불가해하게도 시간, 대지, 망각의
일부를 형성한다네.
차라리 잘되었지. 그들의 일은 이제 끝났고,
이제 그들은 포르투갈 그 자체, 동방의
성벽을 깨뜨리고 바다와 모래 바다로
행군한 유명 인사들이라네.
신비주의의 사막에서 길을 잃은 왕이요
죽지 않았다 맹세하는 왕이라네.

루이스 드 카몽이스[120]에게
A LUIS DE CAMOENS

일말의 연민과 분노도 없이
시간이 영웅적 칼들을 갉아먹네.
아, 대위여, 당신은 슬픔에 잠겨
향수 어린 조국으로 가련히 돌아왔지.
조국에서 조국과 더불어 최후를 맞으려고.
마법의 사막에서 포르투갈의 꽃이 낙화하고
과거의 패배자였던 냉혹한 스페인 사람이
드러난 그의 옆구리를 위협하였네.
나는 알고 싶네.
그대가 최후의 강변인 이곳에서
겸허하게 깨달았는지.
모든 상실된 것, 서양과 동양, 창검과 깃발이
그대의 루시타니아[121]판 『아이네이스』 속에서만
(인간사의 우여곡절과 무관하게) 영속하리라는 것을.

일천구백이십몇년

MIL NOVECIENTOS VEINTITANTOS

천체의 바퀴는 무한하지 않고
호랑이는 회귀하는 형상들 중 하나라네.
하지만, 삶의 부침이니 모험이니와는 거리가 멀었던
우리들은
아무 일도 일어날 수 없는 시대,
고갈된 시대에 유배되었다고 믿었지.
우주, 비극적 우주는 이곳에는 존재하지 않았기에,
지난날에서 억지로 찾았지.
나는 담벼락과 칼로 소박한 신화를 연출했고
리카르도는 소몰이꾼을 염두에 두었지.[122]
우리는 벼락이 칠 미래가 있을 줄 몰랐지.
수치, 방화, 연합의 가공할 밤을[123] 예감치 못했다네.
그 어느 것도 말해주지 않았지,
아르헨티나 역사가
거리, 일화, 분노, 사랑, 인산인해, 코르도바,[124]
현실과 비현실, 공포, 영광을 주유하리라는 걸.

송가 1960

ODA COMPUESTA EN 1960

내 운명이라는 이 꿈을 주관하는
명확한 우연이나 은밀한 법칙이 바라네.
물방울인 내가 강물인 너와 대화를 나누기를,
순간인 내가 연속적 시간인 너와 대화를 나누기를.
그리고 으레 그러하듯 진솔한 대화가
신들이 사랑하는 의식(儀式)과 어둠,
또한 시의 고상함에 호소하기를.
영광과 굴욕이 교차하는
다사다난했던 일백오십 년을 품에 보듬는
아, 필연적이고 달콤한 조국.

조국이여, 너를 이런 것들에서 느꼈네.
드넓은 변두리의 피폐한 일몰,
팜파의 바람에 현관까지 쓸려 온 용설란꽃,
수더분한 비,
천체의 느긋한 습성,
기타를 뜯는 손,
영국인들이 바다에 그러하듯
우리네 피가 멀리서도 느끼는

대평원의 인력(引力),
어느 납골당의 자애로운 상징물과 유골 단지들,
사랑의 미약 재스민,
액자의 은테,
은은한 마호가니의 부드러운 감촉,
감칠맛 나는 육류와 과일,
어느 병영의 푸르스레하고 하얀 깃발,[125]
비수와 길모퉁이에 얽힌 무욕의 역사,[126]
우리를 내버려 두고 스러지는 늘 똑같은 오후,
주인 이름을 딴
노예들이 있는 안뜰에 관한
아련히 유쾌한 기억,
불길이 흩어 버린
맹인용 책자의 가련한 낱장들,
누구도 잊지 않을
9월의 서사적 비,
하지만 이들도 너의 양태와 상징의
극히 일부일 뿐.

너는 광대한 영토,
기나긴 역사 그 이상이며,
파악할 수조차 없는

모든 세대의 누적 그 이상이라네.
영원한 원형(原型)들이 살아 숨 쉬는 신의 품 안에서
네가 어떤 존재인지는 우리로서는 잘 모르지.
하나 너의 그 어렴풋한 얼굴 때문에
우리는 살고, 죽고, 갈망하네.
아, 저버릴 수 없는 신비스러운 조국이여.

아리오스토와 아랍인들[127]
ARIOSTO Y LOS ÁRABES

그 누구도 책을 쓸 수 없다.
진정한 한 권의 책이 되기 위해서는
여명과 석양, 세월, 무기,
만남과 헤어짐의 바다가 필요하니까.

아리오스토는 그렇게 생각했고,
밝은 대리석과 짙은 소나무가
어우러진 여유로운 길에서
이미 꿈꾼 것을 다시 꿈꾸는 느긋한 즐거움에 몸을
맡겼네.

그의 이탈리아의 대기는 꿈으로 부풀어 있었네,
고난의 오랜 세월 동안
대지를 탈진시킨 전쟁의 꿈이
기억과 망각의 날실을 자아냈지.

아키텐[128]의 계곡에 들어갔던
한 군단이 매복에 빠졌네.
롱스발에서 요동친 뿔나팔과 검의
꿈은 이렇게 탄생했네.[129]

잔인한 색슨족은 오랜 치열한 전쟁을 치르며
영국의 텃밭마다
영웅들과 군대를 흩뿌렸지.
여기서 아서왕의 꿈이 유래했네.

눈부신 태양이 대양마저 지워 버리는
북방 군도로부터
불에 둘러싸여 주인을 기다리는
잠든 처녀의 꿈이 비롯됐네.

무장한 마법사에 의해 공중을 재촉하다
황량한 석양으로 가라앉는
날개 달린 준마의 꿈은
페르시아에서일까, 파르나소스[130]에서일까.

마법사의 준마 위에서 내려다보듯,
아리오스토는 보았지.
전쟁의 향연이 일구어 놓은 지상의 왕국들과
파란만장한 청춘의 사랑을.

희미한 황금 안개 사이로 보듯,
안젤리카[131]와 메도로[132]의 사랑을 위해
또 다른 내밀한 정원들로 경계를 넓혀 가는
어느 한 정원을 지상에서 보았지.

힌두스탄에서 아편에 취해
언뜻 보는 환영의 광채처럼,
만화경의 무질서 속에 펼쳐지는
사랑이 오를란도를 스치네.

사랑도 아이러니도 무시하지 않고,
이렇게 품위 있게
(삶에서처럼) 모든 것이 날조된
독특한 성채를 꿈꿨네.

어느 시인에게나 그렇듯,
운수 혹은 숙명이 흔치 않은 행운을 주었네.
페라라[133]의 길을 걷는 것과 동시에
달을 거닐었으니.

나일강 꿈의 퇴적토와 다를 바 없는
꿈들의 찌꺼기로
그 찬란한 미로의
실타래를 자아냈다네,

육신도 이름도 망각하고
태평스러운 음악의 영역을
열락에 겨워 헤맬 수 있을
그 커다란 다이아몬드도.

유럽 전역이 자취를 감췄네.
그 천진스럽고 심술궂은 예술 때문에,
밀턴은 브라다만테의 죽음과
달린다의 불안에 울 수 있었지.[134]

유럽이 자취를 감췄네.
하나 광대무변한 꿈은
동방의 사막과 사자가 득실거리는 밤을 살아가는
이름 높은 이들에게 다른 재능들을 주었지.

아직까지도 시간을 마법으로 홀리는
열락의 책이 이야기하네.
새날이 움틀 때 무자비한 신월도에
하룻밤 동안의 여왕을 내맡기는 왕에 대해서.[135]

불현듯 밤을 만드는 날개,
코끼리를 낚아챈 잔혹한 발톱,
연인의 포옹으로 배를 산산이 부수는
자석 산들,[136]

황소가 떠받치는 대지,
물고기가 떠받치는 황소.[137]
바윗덩어리에 황금의 동굴을 여는
아브라카다브라 주문, 부적, 신비주의적 말[言].

아그라만테[138]의 깃발을 따르는
사라센인들은 이런 세계를 꿈꾸었네.
터번을 쓴 아련한 얼굴들이 꿈꾸었던
이런 세계가 서구를 차지했네.

『오를란도』는 이제 미소만 자아내는 공간,
사람이 거주할 수 없는 광대한 공간,
아무도 꿈꾸지 않는 꿈에 불과한
무감각하고 한가한 경이의 공간.

이슬람 예술들 때문에
그저 박식함, 그저 이야기로 축소된
『오를란도』는 홀로 남아 자기 꿈을 꾸고 있다네.
(영광은 망각의 한 형태이지.)

이미 창백해진 유리창으로, 흔들리는
석양빛이 오늘도 책을 어루만지네.
표지에 영광을 더하는 황금빛이
불타올랐다가는 사그라드네.

적막한 거실에서
침묵하는 책이 시간을 여행하네.
여명, 밤 시간,
성급한 꿈인 내 삶을 뒤로하고는.

앵글로색슨 문법 공부를 시작하며[139]

AL INICIAR EL ESTUDIO DE LA GRAMÁTICA ANGLOSAJONA

오십 세대 만에 나는,
(시간은 누구에게나 그런 심연을 제공하는 법)
바이킹의 용들도 다다르지 못한
어느 커다란 강[140] 너머 땅에서
생경하고 어려운 어휘들에게로 회귀한다.
하슬램[141]이나 보르헤스가 되기 전인
노섬브리아[142]와 머시아[143] 시절,
이제는 진토가 된 입으로 사용했던.
율리우스 카이사르가 브르타뉴[144]를 발견한
로마의 첫 번째 인물이었음을 우리는 토요일에 읽었네.
포도가 다시 열매 맺기 전,
나는 불가사의한 나이팅게일 소리와
왕의 봉분을 둘러싼
열두 무사의 비가를 들으리.
예전에는 누군가가
바다나 칼을 예찬하려 사용한
이미지였을 이 어휘들은[145]
상징의 상징, 후세의 영어나 독일어의 변주곡 같네.
내일 그들이 다시 삶을 살리라.
내일 fyr는 fire가 아니라,
해묵은 놀라움 없이는 아무도 거들떠보지 않을,
일종의 길들여지고 무시로 변하는 신(神)이 되리라.

아무도 못 보거나 타자만을 보게 될
거울을 보여 주기 전에,
여명의 언어에 대한
이 순수한 고찰을 나에게 제공한
인과응보의 무한한 날실이여,
예찬받을지어다.

「누가복음」 23장
LUCAS, XXIII

이교도일까, 유대인일까,
혹은 단지 세월에 얼굴이 지워진 사람일까.
침묵하는 그의 이름자를
더는 망각으로부터 구원할 수 없으리.

망각은 자비라고는 고대 유대가 십자가에 못 박은
도적만큼밖에 알지 못했으니.
그의 이전 세월에 관해서는
오늘날 아무것도 알지 못하네.

십자가에 못 박혀 죽는 최후의 일을 하던 중,
사람들의 비웃음 속에
곁에서 죽어 가는 이가 신이라는 말을 듣자
무턱대고 말을 건넸네.

'당신의 나라에 임하실 때에 나를 기억하소서.'
언젠가는 전 인류를 심판할
들릴락 말락 한 목소리가
끔찍한 십자가로부터 낙원을 약속했네.

최후가 올 때까지
그들은 더 이상 아무 말도 없었네.
그러나 역사는 그 둘이 죽었던 오후에 대한
기억을 묻어 두지 않으리.

아, 벗들이여,
이 예수 그리스도의 친구의 천진난만함이란.
형벌의 치욕 속에서도
낙원을 요구해 얻어 내는.

그가 그 죄인을 원죄와 피로 범벅된 운명으로
숱하게 내친 장본인이거늘.

아드로게[146]
ADROGUÉ

늘상 똑같은 노래를 조율하는
은밀한 새,
순환하는 물, 야외 테이블,
어렴풋한 동상, 괴이한 폐허.

향수 어린 사랑이나 여유로운 오후에
어우러지는 이 정경이 연출된 공원.
그곳의 검은 꽃들 사이로 내가 사라진들,
불가해한 밤에는 아무도 저어하지 않으리.

공허한 어둠에 잠긴 공허한 차고 문이,
베를렌도 훌리오 에레라[147]도 유쾌해했던
분가루와 재스민으로 이루어진 이 세계의
너울거리는 경계를 가르고 있음을 나는 아네.

유칼리나무 약 내음이
어둠에 깃드네.
시간과 모호한 언어를 초월하여
별장촌 시절을 회상시키는 해묵은 내음이.

내 발걸음은 고대하며 찾던 입구를 발견하네.
발코니가 그 어스름한 윤곽을 정의하고,
체스 무늬 정원에서는
수도꼭지가 주기적으로 물방울을 떨구네.

문들 저편에는
환영의 어둠 속에서 꿈의 작용을 빌어
광대한 어제와 죽은 사물들의
주인이 된 것들이 잠들어 있네.

나는 이 오랜 건물의 모든 사물을 알고 있지.
흐릿한 거울에
끊임없이 복제되는
회색빛 돌 위 운모 절편,

고리를 물고 있는 사자 머리,
붉은 세계, 녹색 세계의 아름다움을
아이에게 가르쳐 준
채색 유리들.

그들은 운명과 죽음 너머에 존속하고,
각자의 역사가 있지.
하나 이 모두는 기억이라는
일종의 사차원에서 벌어지네.

뜰과 정원들은 지금
기억 속에, 오직 기억 속에 존재하네.
과거는, 태백성[148]과 여명을 동시에 머금은
그 금지된 영역 속에 그들을 간직하고 있지.

에덴동산이 최초의 아담에게 선사한 장미처럼
지금은 접근조차 할 수 없을
소박하고 애정 어린 사물들의 그 정연한 질서를
어찌하여 나는 상실하였을까?

그 저택을 생각할 때
비가(悲歌)의 유서 깊은 망연함에 휩싸이네.
시간이고 피이며 고뇌인 나는
세월이 어찌 가는지 이해할 길 없네.

시학
ARTE POÉTICA

시간과 물결의 강을 주시하며
시간이 또 다른 강임을 상기하는 것,
우리들도 강처럼 흘러가리라는 것과
얼굴들이 물결처럼 지나쳐 가는 것을 깨닫는 것.

불면은 꿈꾸지 않기를 꿈꾸는
또 다른 꿈임을,
우리네 육신이 저어하는 죽음은
꿈이라 칭하는 매일 밤의 죽음임을 체득하는 것.

하루와 한 해에서 인간의 날들과
해[年]들의 상징을 보는 것.[149]
세월의 전횡을
음악, 속삭임, 상징으로 바꾸는 것.

죽음에서 꿈을 보는 것.
낙조에서 서글픈 황금을 보는 것.
가련한 불멸의 시는 그러한 것.
시는 회귀하나니, 여명과 황혼처럼.

이따금 오후에 한 얼굴이
거울 깊숙이서 우리를 응시하네.
예술은 우리 얼굴을
비추는 거울이어야 하네.

경이에 지친 오뒷세우스는
멀리 소박한 초록의 이타케[150]가 보였을 때
애정으로 눈물을 흘렸다고 하지.
예술은 경이가 아니라 초록의 영원인 그 이타케.

예술은 또한, 나고 드는
끊임없는 강물과도 같은 것.
끊임없는 강물처럼, 본인이자 타인인
유전(流轉)하는 헤라클레이토스 자신의 거울.

박물관 MUSEO

과학의 엄밀함에 대하여

DEL RIGOR EN LA CIENCIA

그 제국에서는 지도 제작법이 너무도 완벽하여 한 지방을
그린 지도는 한 도시 전체를, 제국을 그린 지도는 한 지방
전체를 덮을 정도였다. 세월이 흐르면서 그 엄청난 크기의
지도들도 만족을 주지 못했다. 이에 지도제작자협회는
제국의 크기와 똑같은 크기의 제국 지도, 즉 제국과 정확히
일치하는 지도를 만들었다. 지도 제작법에 덜 집착하는
후대 세대들은 그 엄청난 크기의 지도가 쓸모없다는
것을 깨닫고, 가차없이 지도를 태양과 겨울의 무자비함에
내맡겼다. 서부 지역의 사막들에는 토막 난 지도 잔해가
아직 남아 있어 동물과 거지들의 서식지가 되고 있다.
지리학의 유물이라고는 전국에 그것밖에 없다.

수아레스 미란다, 『진중한 신사들의 여행』 45장, 레리다, 1658

쿠아르테타[151]

CUARTETA

다른 이들은 죽었다. 그러나 그 일은 과거
죽음에 가장 적절한 계절에 일어났다(이를 모르는 사람은
없다).
야쿱 알만수르[152]의 백성인 내가
장미와 아리스토텔레스처럼 죽어야 할까?

『마그레브인 알무타심[153] 시집』(12세기)에서

한계

LÍMITES

내가 다시 기억 못 할 베를렌의 시행이 있다,
내 발걸음이 금지된 인근 거리가 있다.
나를 마지막으로 본 거울이 있다,
내가 잠가 놓아 세상 마지막 날까지 열리지 않을 문이
있다,
(지금 바라보고 있는) 내 장서들 중에는
결코 열어 보지 않을 책이 있다.
이번 여름 나는 오십 세가 된다.
죽음이 계속 나를 갉아먹는다.

훌리오 플라테로 아에도의 『비문』(몬테비데오, 1923)에서

시인이 자신의 명성을 언명하다
EL POETA DECLARA SU NOMBRADÍA

천상계는 내 영광을 헤아리고,
동방의 도서관들이 내 시를 다투고,
아랍의 왕들이 입에 황금을 채워 주려고 나를 찾고,
천사들이 내 마지막 세헬[154]을 외우고 있네.
내 창작 도구는 굴욕과 번뇌라네.
내가 죽은 채로 태어났어야 했거늘.

『하드라미[155]인 알부카심 시집』에서(12세기)

너그러운 적

EL ENEMIGO GENEROSO

1102년 망누스 바포드[156]가 아일랜드의 제 왕국들에 대한 전면적인 정복에 나섰다. 죽기 전날 더블린의 왕 미르헬타흐[157]에게 다음과 같은 인사를 받았다.

그대의 군대에 황금과 폭풍우가 참전하기를, 망누스 바포드여.

내일 짐의 왕국 벌판에서 벌일 그대의 전투가 행복하기를.

그대의 어수(御手)로 가공할 칼춤을 추기를.

그대의 칼에 맞서는 이들이 핏빛 백조의 먹이가 되기를.

그대의 수많은 신들이 그대에게 영광을, 피의 맛을 하염없이 베풀기를.

아일랜드를 밟은 왕이여, 여명에 승리가 깃들기를.

그대 생애에서 내일이 최고로 빛나는 날이 되기를.

맹세컨대 내일이 마지막 날이 될 터이니, 망누스왕이여.

여명의 빛이 다 가시기 전, 내 그대를 제압하고 지워 버릴 터이니, 망누스 바포드여.

후고 게링의 『헤임스크링글라 부록』(1893)에서[158]

헤라클레이토스의 회한
LE REGRET D'HÉRACLITE

여러 생을 산 나이건만 죽어가는 마틸데 우르바흐를
품 안에 품는 삶은 살지 못했네.

가스파르 카메라리우스, 『매력적인 프러시아 시인들』 7장 16절

J. F. K.를 추모하며[160]

IN MEMORIAM J. F. K.

이 총알[161]은 유서 깊다.

1897년 몬테비데오 청년 아레돈도가 우루과이 대통령에게 쏜 것이다. 그는 세상이 단독범행이라는 것을 알 수 있도록 오랫동안 아무도 만나지 않았다. 그보다 30년 전에는 동일한 총알이 링컨을 죽였다. 셰익스피어의 대사에 의해 카이사르의 암살자 브루투스로 분한 한 배우[162]의 범죄 혹은 마법이었다. 17세기 중반에는 대대적인 살육이 자행된 어느 전투에서 구스타브 2세[163]에 대한 복수로 그 총알이 사용되었다.

피타고라스의 윤회설은 인간에게만 적용된 것이 아닌지라, 그 이전에는 다른 것들이 총알 역할을 했다. 동양의 고관대작들은 비단 끈에 당했고, 알라모 요새를 지키던 이들을 조각낸 것은 소총과 창검이었고, 어느 여왕의 목을 딴 것은 삼각날이었고, 십자가에 구세주를 꿰어 놓은 것은 어두운 색 못들이었고, 카르타고의 대장군[164]은 반지에 넣고 다니던 독으로 자살했고, 어느 날 해 질 녘에 소크라테스가 담담하게 마신 것은 독배였다.

태초에 그것은 카인이 아벨에게 내리친 돌이었다. 지금으로서는 상상도 하지 못할 많은 것들이 앞으로도 인간을, 또한 인간의 경이로우면서도 연약한 운명을 총알 대신 끝장낼 것이다.

에필로그

EPÍLOGO

신이여, 이 잡다한 글들(내가 아니라 시간이 편찬한
것으로, 다른 문학관을 가지고 쓴 것이라 고칠 엄두가
나지 않았던 과거의 소품들까지 포함시켰다.)의 본질적인
단조로움보다 그 주제의 지리적 혹은 역사적 다양성이 더
부각되기를 비나이다. 내가 출판사에 넘긴 책들 중에서
이것만큼 개인적인 책, 이것만큼 뒤죽박죽이고 무질서한
잡문록은 또 없었다. 성찰과 가필이 많기 때문이다.
그동안 내게 일어난 일은 별로 없고, 독서만 많이 했다.
아니 쇼펜하우어의 사상이나 영국의 언어음악(música
verbal)[165]보다 더 기억할 만한 가치가 있는 일이 거의 없었다.

한 사람이 세계를 그릴 작정을 한다. 오랜 세월에 걸쳐
지방, 왕국, 산, 만(灣), 배, 섬, 물고기, 방, 도구, 천체, 말[馬],
사람의 이미지들로 빈 공간을 채운다. 그러나 죽기 직전에
발견한다. 인내심으로 그린 그 선들의 미로가 자신의 얼굴
모습이었다는 사실을.

호르헤 루이스 보르헤스
부에노스아이레스, 1960년 10월 31일

주(註)

1) 레오폴도 루고네스(Leopoldo Lugones, 1874-1938). 19세기 말에서
   20세기 초에 전성기를 구가한 전 라틴아메리카적 문학 현상이었던
   모데르니스모(modernismo)에서 아르헨티나를 대표한 시인. 1914년부터
   유럽에 머물면서 스페인 전위주의 등의 영향을 받아 1921년 돌아온 젊은
   시절의 보르헤스에게는 넘어야 할 산이었고, 그래서 신랄한 비판을 가하기도
   했다. 그러나 보르헤스는 나이가 들면서는 루고네스의 시인으로서의 재능을
   인정했다.
2) 존 밀턴(John Milton, 1608-1674).『실낙원』의 저자.
3) 발상의 전환을 목적으로 하는 수사법의 일종. 이 대목에서는 '학구적인
   사람' 대신 '학구적인 전등'이라는 표현을 가리킨다.
4) 루고네스의 1909년 시집.
5) 로마의 시인 베르길리우스가 트로이의 아이네이아스를 주인공으로 하여
   지은 장편 서사시.
6) 루고네스는 로드리게스페냐로에 위치한 국립교원도서관 도서관장을 역임한
   적이 있는 반면, 보르헤스는 1955년에 멕시코로에 위치한 국립도서관의
   도서관장으로 임명되었다.
7) 인간의 얼굴에 염소의 뿔과 다리를 한 그리스 신화의 숲의 신.
8) 트로이의 영웅 헥토르가 아킬레우스와 최후의 일전에 나섰다가 겁을 먹고
   성벽 주위를 세 바퀴나 돌면서 도망친 일을 가리킴.
9) 『일리아스』에서 트로이 전쟁의 영웅.
10) 그리스 신화에서 메두사의 목을 벤 영웅.
11) 예언 등을 미리 보여 주는 조짐을 뜻하는 기독교 용어.
12) 아프로디테는 사랑의 여신, 아레스는 전쟁의 신.
13) 브라질, 파라과이, 아르헨티나를 흐르는 강.
14) 스페인어에서는 표범, 재규어, 퓨마 등을 '호랑이(tigre)'라고 부르기도 한다.
15) 마세도니오 페르난데스(Macedonio Fernández, 1874-1952). 아르헨티나의
    소설가로 보르헤스 부친의 친구였다. 문학적으로 보르헤스에게 커다란
    영향을 남겼다.
16) 탱고 곡.
17) 칼, 가위, 면도칼, 주방 도구, 의료용 기기 등 금속 제품 생산지로 유명한
    독일의 도시.

18) 부에노스아이레스의 공동묘지로 주로 상류층 인사들이 영면해 있다.

19) 19세기 초 아르헨티나 독립 직후부터 각 지방의 독자성을 고수하고 싶어 하던 연방주의자들과 부에노스아이레스를 중심으로 확고하게 하나로 통합된 국가를 원하던 중앙집권주의자들 사이의 피비린내 나는 갈등이 수십 년 동안 이어졌다.

20) 후닌(Junín)과 타팔켄(Tapalquén)은 지명으로 부에노스아이레스시를 둘러싸고 있는 부에노스아이레스주에 있다.

21) 인디오(indio)는 인디언에 해당하는 스페인어 단어. 19세기 말까지는 아르헨티나에도 상당히 많은 인디오가 살고 있었다.

22) 아르헨티나 북부에 위치한 주.

23) 부인 에바 페론(에비타)이 죽었을 때 페론의 상황에 대한 보르헤스의 비판적 상상이다.

24) 델리아 엘레나 산 마르코(Delia Elena San Marco). 보르헤스의 실제 지인이었음.

25) 부에노스아이레스의 제일 오래된 광장 중 하나.

26) 아디오스(adiós)는 헤어질 때 쓰는 인사말.

27) 그리스 신화에 나오는 저승의 강.

28) 플라톤의 『대화편』에 실린 「소크라테스의 변론」을 가리킴.

29) '아디오스'는 흔히 '안녕' 정도로 많이 번역하지만 원어는 'a'와 'dios'의 합성어로 직역하자면 '신(神)에게'라는 뜻이다.

30) 부에노스아이레스를 벗어나면 바로 대평원이 시작된다.

31) 여기에서 말하는 사내는 19세기 아르헨티나의 연방주의자로 두 차례에 걸쳐(1829-1832, 1835-1852) 철권 통치를 한 후안 마누엘 데 로사스(Juan Manuel de Rosas, 1793-1877)이다. 실각 후에 영국으로 망명을 떠났고, 그곳에서 사망하였다.

32) 존 불(John Bull)은 스코틀랜드의 시인이자 평론가인 존 아버스넛(John Arbuthnot)이 쓴 『존 불의 역사』(1712)에서 유래한 영국인의 별칭.

33) 후안 파쿤도 키로가(Juan Facundo Quiroga, 1788-1835)의 암살 관련 이야기이다. 코르도바주의 실력자인 레이나페(Reinafé) 형제들의 심복 산토스 페레스(Santos Pérez)가 이끄는 암살단이 그를 암살했고, 로사스는 이들을 체포하여 사형에 처했다. 그러나 암살의 배후가 로사스였다는 설이 있다. 로사스와 키로가는 같은 연방주의자였지만 정치적 경쟁자 관계였기 때문이다.

34) 부에노스아이레스를 가리킴.

35) 가우초(los gauchos)는 팜파에서 반유목적 삶을 살던 이들.

36) 키로가는 아르헨티나 내륙 지대의 실력자였는데, 독립 후 항구를 낀 부에노스아이레스는 발전하고 그의 무대였던 내륙 지대는 쇠퇴하는 경향이 있었다.

37) 도밍고 F. 사르미엔토(Domingo F. Sarmiento, 1811-1888)가 쓴 『파쿤도: 문명과 야만 Civilización y Barbarie. Vida de Juan Facundo Quiroga』(1845)을 가리킨다. 서구를 문명, 파쿤도 같은 이로 상징되는 아메리카를 야만에 비유한 책이다.

38) 로사스 집권 시기는 연방주의자들과 중앙집권주의자들의 갈등이 최고조에 달한 시절이었고, 로사스를 지지하는 연방주의자들은 정치적 구호가 적힌 휘장을 몸에 두르고는 했다.

39) 실각의 계기가 된 카세로스 전투(Batalla de Caseros)에서 로사스는 전세가 기울자 부에노스아이레스로 도망쳤다.

40) 보르헤스의 작품에서는 '남부'(Sur)에 대한 언급이 가끔 등장한다. 부에노스아이레스시에도 흔히 바리오 수르(Barrio Sur, '바리오'는 행정 단위)로 불리는 지역이 존재하지만, 보르헤스의 '남부'는 주로 문학적, 신화적, 형이상학적 공간이다. 1880년 전후까지만 해도, 아르헨티나에는 수많은 선주민이 그들의 영토에서 독립적으로 살고 있었다. 오늘날의 부에노스아이레스주 남쪽 지역부터 최남단 파타고니아까지 이르는 광활한 지역이 다 그들의 거주지였다. 보르헤스의 '남부'는 때로는 도시가 끝나고 평원이 시작되는 경계 지대, 때로는 과거에 아르헨티나인의 거주 지역이 끝나고 선주민 거주 지역이 시작된 경계 지대(즉 문명이 끝나고 야만이 시작되는 지점), 그리고 때로는 경계 지대 너머의 공간을 지칭한다. 어느 면에서는 미국의 '프런티어' 개념과 유사한 점도 있지만, 미국인에게 프런티어는 반드시 넘어서야 할 경계 지대인 반면, 보르헤스에게 남부는 아직 운명이 결정되지 않은 모호한 지역이라는 의미를 지니고 있다.

41) 대문자로 쓴 것으로 보아 신적인 존재를 가리킴.

42) 프란시스코 데 케베도(Francisco de Quevedo, 1580-1645). 스페인 문학의 절정이었던 황금세기의 주요 문인.

43) 두 작가 모두 브루투스의 죽음을 다룬 작품이 있다.

44) 체(che)는 아르헨티나, 우루과이, 파라과이 등에서 쓰는 말로 '이봐', '야', '어이' 정도의 뜻을 지니고 있음. '체 게바라'의 '체'가 이런 뜻으로 사용된 것임.

45) 톨레도(Toledo)는 스페인의 도시. 스페인 중부의 카스티야(Castilla) 지역에 있던 카스티야 왕국의 수도였다.

46) 『돈키호테』에 등장하는 허구적인 아랍인 역사가. 세르반테스는 이 인물이 『돈키호테』의 진짜 저자라는 유희를 벌이기도 한다.

47) 알론소 키하노(Alonso Quijano)는 돈키호테의 본명.

48) '힌두교도의 땅'이라는 뜻. 문맥에 따라 인도 전체, 인도 북부 지방, 15-16세기에 번영을 누린 북인도의 왕국 등 여러 가지를 가리킨다.

49) 잠바티스타 마리노(Giambattist Marino, 1569-1625). 마리니즘의 창시자인 이탈리아의 시인.

50) 오든(Woden). 고대 영어에서 북유럽 신화의 최고신 오딘에 해당하는 말.

51) 남미 독립의 영웅 시몬 볼리바르 군이 1824년 왕당파를 상대로 결정적인 승리를 거둔 전투 중 하나. 후닌은 페루에 있지만 당시 남미에서 페루가 왕당파의 가장 강력한 거점이어서 아르헨티나 독립을 굳히기 위해 아르헨티나군도 참여했다.

52) 그리스 신화에서 트로이 전쟁의 불씨가 된 여인.

53) 보르헤스가 유년기에 살던 집이 위치한 길.

54) 목덜미나 관절 통증, 심지어 감기 치료에 사용하는 유황 제품.

55) 이투사잉고(Ituzaingó)는 아르헨티나 코리엔테스(Corrientes)주의 한 지방으로, 1827년 아르헨티나군이 브라질군에게 승리를 거둔 곳이다. 이후 완충 지역을 설정할 필요를 느낀 양국의 정치적, 군사적 이해에 따라 오늘날의 우루과이가 탄생하였다.

56) 아야쿠초(Ayacucho)는 페루의 도시 이름이자 주 이름. 1824년 그란콜롬비아(콜롬비아, 베네수엘라, 에콰도르), 페루, 아르헨티나 독립군 연합 부대와 왕당파 사이에 대규모 전투가 벌어졌고, 독립군의 승리로 남미 전체의 독립이 사실상 결정되었다.

57) 로사스의 철권 통치 시절에 실제 있었던 일이고, 이 소년은 보르헤스의 외조부였다고 한다.

58) 레오폴도 루고네스의 작품들을 암시한다.

59) 그리스 중동부에 위치한 지역. 기원전 480년 페르시아군과 그리스 도시 연합군 사이의 전쟁이 일어난 곳으로 그리스군이 거의 전멸되었다.

60) 하랄 시구르드손은 노르웨이의 왕 하랄 3세를 말한다. 그가 요크성을 공격했을 때, 색슨 왕이 기사를 보내 묻힐 수 있을 만한 6피트의 땅 정도는 내줄 수 있다고 도발했다고 한다. 아이슬란드의 시인이자 역사가였던 스노리 스툴루손(Snorri Sturluson, 1179-1241)이 쓴 노르웨이 왕가의 역사를 다룬 기록에 나오는 이야기이다.

61) 마자르인은 9-10세기에 유럽으로 이동한 아시아계 종족으로, 유럽 여러

국가의 용병으로 명성을 떨쳤다.

62) 1세기경 게르만 민족의 한 종족이 처음 사용하여, 15세기까지 일부 북유럽 지역에서 사용된 룬(rune) 문자를 새긴 십자가를 가리킴. '룬'은 '비밀'이란 뜻으로 점술용 부호였던 것으로 추측된다.

63) 2세기 로마의 그리스 풍자 작가로 시리아의 사모사타에서 출생했다.

64) 루도비코 아리오스토(Lodovico Ariosto, 1474-1533). 르네상스기의 이탈리아 시인으로, 그의 대표작 『광란의 오를란도』는 『돈키호테』에서 많이 언급된다.

65) 원래 옛 프랑스의 기사도 문학에 등장하는 샤를마뉴 대제의 12기사 중 한 명인 르노 드 몽토방(Renaud de Montauban). 1523년에서 1542년 사이 스페인에서 그의 스페인식 이름인 레이날도스 데 몬탈반(Reinaldos de Montalbán)을 제목으로 한 기사도 문학 작품 시리즈가 출간되었고, 몬탈반이 무하마드 신상을 훔치는 일화가 포함되어 있다. 이에 대한 언급이 『돈키호테』에 나온다.

66) 엘토보소(El Toboso)와 몬티엘(Montiel) 모두 『돈키호테』에 등장하는 지명으로, 엘토보소는 둘시네아의 고향.

67) 라만차(La Mancha)는 돈키호테의 고향으로 설정된 지역.

68) 돈키호테를 가리킴.

69) 단테의 『신곡』의 한 부분.

70) 기원전 1세기의 그리스 역사가.

71) 성녀 베로니카는 골고다 언덕으로 십자가를 지고 가는 예수의 얼굴에서 흘러내리는 피땀을 자신의 수건으로 닦아 주었다고 전해지는 예루살렘의 여인이다. 예수의 얼굴을 닦아 주는 순간 기적이 일어나 예수의 얼굴 모습이 수건에 남았고, 이것이 성녀 베로니카의 수의 또는 베일로 알려지게 되었다고 전해진다.

72) "예수님, 오 주여, 참된 주님이시여, 당신의 얼굴이 이러했습니까?"는 「천국편」 31곡 108행에 해당하는 구절이다. 「천국편」에는 열 개의 천국이 등장하는데, 단테는 그 중 가장 높은 천국인 지고천에 이르러 천사와 신의 축복을 받은 이들이 백장미 모습으로 내려오는 것을 황홀한 마음으로 올려다 보는 것으로 설정되어 있다.

73) 하엔(Jaén). 스페인 남부의 소도시로 이곳 대성당에 14세기 것으로 추정되는 베로니카 수건의 복제품이 있다.

74) 테레사 데 헤수스(Teresa de Jesús, 1515-1582). 아빌라의 테레사(Teresa de Ávila)로도 불리는 스페인의 성녀. 스페인 신비주의의 주역이었다.

75) 앤 해서웨이(Anne Hathaway, 1556-1623). 셰익스피어의 아내.

76) 토마스 노턴(Thomas Norton)과 토마스 새크빌(Thomas Sackville)이 함께 쓰고 1560년 초연된 비극『고보덕(Gorboduc)』의 등장인물.

77) 북구의 종말론적 신화. 신화의 주요 인물이 대부분 죽고 세계도 물에 잠긴다는 내용이다.

78) 새뮤얼 테일러 콜리지(Samuel Taylor Coleridge, 1772-1834). 영국의 시인이자 평론가.

79) 페드로 엔리케스 우레냐(Pedro Henríquez Ureña, 1884-1946). 도미니카공화국의 문학 평론가로 부에노스아이레스에 거주한 적이 있고 보르헤스의 친구였다.

80) 엘바호(El Bajo): '낮은 지대' 정도의 뜻. 과거 부에노스아이레스에서 도시의 다른 지역에 비해 낮은 지대에 있으면서 라플라타강과 면해 있는 곳을 '엘바호'라고 불렀다. 현재는 '파세오 델 바호'(Paseo del Bajo)라는 도로가 길게 나 있다.

81) 토트는 고대 이집트 신화의 지혜와 정의의 신으로 인간의 몸에 따오기의 머리를 지녔다.

82) 멋을 부리려고 꽃을 양복저고리에 꽂은 콤파드리토(compadrito, 동네 건달 혹은 한량)들끼리의 단도 결투를 암시한다. 꽃을 꽂고 결투를 한다는 인위적인 설정이지만 남성들끼리 추는 탱고 춤으로 형상화되기도 했다.

83) 단테의『신곡』의 한 부분.

84) 로버트 루이스 스티븐슨(Robert Louis Balfour Stevenson, 1850-1894). 『지킬 박사와 하이드』를 쓴 영국의 문인.

85) 1958년에 쓰인 이 시는 보르헤스 자신이 손에 꼽을 정도로 애착을 느끼는 작품이다. 그는 1955년 국립도서관장으로 임명되었다. 세계적으로 유명해지기 전이었던 당시로서는 생애 최고의 영예였다. 아무 때나 장서로 가득 찬 서고에 들어가 이 책 저 책을 뒤적일 수 있다는 사실도 그를 들뜨게 했다. 그러나 이듬해 보르헤스는 거의 시력을 상실하였다. 그리고 이 시를 통해 최고의 영예의 순간에 불행의 나락에 굴러떨어진 삶의 아이러니를 토로하고 있다. '축복' 운운하는 제목부터가 아이러니이다.

86) 아르헨티나의 여성 문학평론가로 1957년 보르헤스를 알게 된 후 친밀한 관계를 유지했다. 시력을 상실한 보르헤스를 위해 강연 여행에도 여러 차례 동행했으며,『영국 문학 입문(Introducción a la literatura inglesa)』(1965), 『중세 게르만 문학(Literaturas germáicas medievales)』(1965) 등을 공동 저술했다. 보르헤스 전기와 대담집을 출간하기도 했다.

87) 폴 그루삭(Paul Groussac, 1848-1928). 열여덟 살에 프랑스에서 이민
    와 정착한 아르헨티나의 문인이자 문학평론가. 죽을 때까지 45년간이나
    국립도서관장을 역임했다. 재임 중에 보르헤스처럼 시력을 상실하였다.
88) 기원전 6세기경의 그리스 철학자. 우리가 보는 강물은 어제의 강물과
    다르다고 말하면서 세상 만물은 끊임없이 유전(流轉)한다고 주장한 바 있다.
89) 체스의 말. 주교를 상징한다.
90) 독일의 화가 판화가 조각가인 알브레히트 뒤러(Albrecht Dürer, 1471-
    1528)가 「요한 계시록」에 입각해 만든 동판화. 「묵시록의 네 기사」(1498)에서
    죽음의 청기사가 커다란 낫을 들고 있다. 모래시계는 뒤러의 여러 작품에
    등장한다.
91) 그리스 신화의 망각의 강.
92) 「사도행전」에 나오는 마법사. 점을 잘 치는 것으로 유명했다. 사마리아에
    온 베드로에게 성령을 내릴 수 있는 능력을 돈으로 사려고 청했으나
    거절당했다. 그노시스파의 창건자 중 하나로 꼽히기도 한다.
93) 기록에 따르면 6피트이다.
94) 오마르 카얌(Omar Khayyam, 1048-1131). 페르시아의 시인, 수학자,
    천문학자. 실재와 영원의 특성, 인생의 무상함과 불확실성, 인간과 신의 관계
    등에 대한 고뇌를 시에 담았다.
95) 『햄릿』의 등장인물로 햄릿의 아버지를 죽이고 그의 어머니와 결혼한 인물.
    햄릿의 복수의 대상.
96) 엘비라 데 알베아르(1907-1959). 아르헨티나 상류층 여인으로 보르헤스가
    한때 애모하던 여인. 단편 「알레프(Aleph)」의 베아트리스 비테르보의 모델이
    되었던 세 명의 여자 중 하나이다. 엘비라가 재산을 탕진하고 빈민가에서
    독신으로 살다가 반실성하기까지 하자, 보르헤스는 매년 12월 31일 그녀를
    방문했다고 한다.
97) 엘비라 데 알베아르의 조상 카를로스 알베아르가 지휘하여 전력의 열세에도
    불구하고 승리한 전투이다.
98) 수사나 소카(Susana Soca, 1906-1959). 우루과이의 시인. 비행기 사고로
    비극적인 죽음을 맞이했다.
99) 「요한 계시록」을 말함.
100) 히브리 말로 '아담'은 붉은 흙이라는 뜻.
101) 기원전 5세기에 활동한 그리스의 화가. 빛과 색채의 변화를 이용한 명암법을
    최초로 회화에 도입하여 인물에 현실감을 부여했다.
102) 로마 신화의 들짐승과 사냥의 여신.

103) 로마 신화의 전쟁의 신.

104) 앞에 나온 「닭」의 내용으로 보아 케베도를 지칭하는 듯하다.

105) 보르헤스는 어렸을 때 동물원에 갈 때마다 호랑이를 유심히 보았다고
한다. 맹인이 된 후 호랑이에 대한 관심은 더욱 커져, 1972년『호랑이들의
황금(El oro de los tigres)』이라는 시집에서 절정을 이뤘다. 그의 호랑이에
대한 집착을 어두운 본능, 남성스러움에 대한 갈망, 일탈의 욕구로 해석하는
견해도 있다.

106) 윌리엄 모리스(William Morris, 1834-1896)는 영국의 시인, 화가, 예술
평론가로 스칸디나비아 문학에 깊은 관심을 가져 서사시집『볼숭가의
시구르드』를 썼다. 볼숭은 북유럽 신화에서 지식, 문화, 시가, 전쟁의
신인 오딘의 손자이며, 시구르드는 볼숭의 손자이다. 시구르드는 큰 용을
퇴치하여 보물을 빼앗았으나, 옛 약혼자 브린힐드의 지시로 살해되었다.
독일 서사시『니벨룽의 노래』의 주인공 지크프리트에 해당된다.

107) 로버트 루이스 스티븐슨의『보물섬』의 등장인물.

108) 1900년대 초 팔레르모를 주름잡던 칼잡이 콤파드레. 보르헤스는 이 시
외에도『브로디의 보고서(El informe de Brodie)』의 「후안 무라냐」라는
단편에서 그를 다루었다.

109) 보르헤스가 유년기를 보냈던 부에노스아이레스의 한 지구. 오늘날에는
부유층의 거주 지역이 되었지만, 당시는 서민층, 이민자, 지방 출신
뜨내기들이 주로 살던 외곽 지역이었다. 서민풍의 단층집, 치안 불안, 감옥,
동네에서 한 발만 나가면 사방에 널려 있는 미개간지 등이 당시 팔레르모의
풍경이었다.

110) 보르헤스의 친할아버지. 19세기 아르헨티나 역사를 수놓았던 각종 내전과
반독재 투쟁에 참가했다. 보르헤스의 아버지가 겨우 두 달이 되었을
때 내전의 와중에 전사했다. 보르헤스 일가에는 그의 죽음을 둘러싸고
다음과 같은 이야기가 전해 내려왔다. 내전이 발발하자 그는 반정부군에
가담했는데, 휘하 부대가 원래 정부군이라는 이유로 통솔권을 부하에게
넘기고 혼자 합류했다. 그리고 반정부군이 전투에서 완패하자, 명예로운
죽음을 택하고 싶었던 듯 홀로 천천히 말을 몰아 상대방 진영으로 가서
빗발치는 총탄 속에 최후를 맞았다.

111) 알폰소 레예스(Alfonso Reyes, 1889-1959). 멕시코의 시인, 수필가,
문학평론가, 사상가로 그리스, 로마, 스페인 고전에 대한 해박한 지식과
유려한 산문으로 명성이 높았다. 아르헨티나 주재 대사로 재직하던 중
보르헤스와 알게 되었다. 두 사람은 시종일관 상대방의 재능을 높이

평가했디.

112) 한 행이 스페인어권 정형시로서는 긴 14음절로 된 시. 장엄한 애국심을 주제로 하거나 슬픈 감정을 표현하는 시의 율격으로 많이 사용되었다.

113) 시드는 이슬람인들이 이베리아반도에 세력을 떨쳤을 때 그들과 맞서 싸우며 혁혁한 공을 세웠다고 전해지는 로드리고 디아스 데 비바르(Rodrigo Díaz de Vivar)의 별칭이다. 그의 무훈을 소재로 한 『시드의 노래(Cantar de Mio Cid)』는 1140년경 지어졌다고 하며, 스페인 문학의 여명을 장식한 국민적 서사시로 평가받는다.

114) 19세기 말, 20세기 초에 부에노스아이레스에서 빈민층과 부랑자들이 사용하던 은어. 이들 중 상당수가 이민자들이거나 그 후손이어서 스페인어 이외의 언어에서 유래한 어휘들이 룬파르도에 많이 섞여 있었다.

115) 3세기 고대 그리스의 철학자이자 역사가. 시리아 출생으로 플로티노스의 제자였고, 신플라톤주의 보급에 공헌했다.

116) 존 스코투스 에리게나(John Scotus Erigena, 810-877). 아일랜드의 신학자, 번역가. 그리스 철학과 신플라톤주의를 그리스도교 신앙과 통합하는 데 관심을 기울였다. 서방 신비주의자들과 13세기 스콜라 철학자들에게 큰 영향을 미쳤으나, 이 구절에서 언급하는 것처럼 범신론적인 전제에서 출발하였기에 결국 교회로부터 처벌을 받았다.

117) 에마누엘 스베덴보리(Emanuel Swedenborg, 1688-1772). 스웨덴의 과학자, 그리스도교 신비주의자, 철학자, 신학자.

118) 쿠에르나바카(Cuernavaca)는 멕시코 모렐로스(Morelos) 주의 수도. 멕시코의 정복자 에르난 코르테스(Hernán Cortés)와 19세기 프랑스의 내정 간섭 때 꼭두각시 황제였던 막시밀리안이 거처를 정했던 곳이다.

119) 보르헤스는 포르투갈에 갔다가 '보르헤스'라는 성씨가 있음을 발견하였다. 그래서 자신의 선조가 포르투갈과도 연고가 있다고 추측하게 되었다.

120) 루이스 바스 드 카몽이스(Luís Vaz de Camões, 1524, 5-1580). 바스코 다 가마가 인도 항로를 발견하기까지의 과정을 다룬 『루지아다스(Os Lusíadas)』(1572)라는 대서사시를 쓴 포르투갈의 국민 시인이다. 1553년 이후 17년간 인도에 머물다 귀국했다. 보르헤스는 포르투갈의 선조들을 추적하던 중, 한 '보르헤스'라는 인물이 카몽이스와 결투를 벌였던 적이 있다는 사실을 알게 되었다.

121) 포르투갈의 옛 명칭.

122) 팜파와 가우초를 미화한 소설 『돈 세군도 솜브라(Don Segundo Sombra)』(1926)로 한때 국민작가의 지위를 누린 아르헨티나의 소설가

리카르도 구이랄데스(Ricardo Güiraldes. 1886-1927)가 이 작품을
구상하던 일을 가리킴.

123) 페론 지지자들과 극우 민족주의 단체인 민족자유연합(Alianza Libertadora
Nacionalista) 사이의 상호 방화 테러 등의 극심한 충돌을 말함.

124) 아르헨티나 내륙의 주요 도시로, 페론 정부를 실각시킨 1955년 9월 쿠데타
직전 페론주의자와 반페론주의자 사이에 심각한 상호 공격이 있었다.

125) 아르헨티나 국기의 바탕 색깔은 하늘색과 흰색이다.

126) 보르헤스는 변두리의 삶이나 동네 건달들의 일상을 흔히 무욕의 역사로
간주했다. 악을 미화 혹은 낭만화하는 악자 문학 전통의 흔적이다.

127) 이탈리아 르네상스기를 대표하는 서사시인 『광란의 오를란도』를 주요
소재로 한 시이다. 보르헤스는 그의 인생에서 가장 암흑기인 미겔 카네
도서관의 말단 직원으로 근무하던 시절 통근 열차에서 무엇보다도
단테의 『신곡』, 그리고 이 작품을 꼼꼼히 읽을 기회를 가진 것이 큰 위안이
되었다고 회고한다. 이 시는 그 시절 독서의 산물이라 할 수 있다. 『광란의
오를란도』는 아리오스토가 1505년경부터 죽기 직전까지 거의 30년을
끊임없이 고쳐 나간 역작이다.

128) 로마에 점령된 갈리아의 한 지방.

129) 1100년경 쓰인 프랑스의 무훈 서사시 『롤랑의 노래』에 대한 언급이다. 이
작품은 역사상 실재했던 롱스발 전쟁(778)을 다루고 있다. 롤랑은 의부
가늘롱과의 불화로 곤경에 빠진다. 스페인에서 퇴각할 때 후위 부대를
지휘하게 되었는데, 가늘롱과 내통한 사라센군이 이미 피레네산맥 롱스발
계곡에서 매복하고 있다가 그를 공격하였다. 기사로서의 자부심과 명성에
집착한 롤랑은 친구 올리비에가 뿔나팔을 불어 주군인 프랑크 왕국의
샤를마뉴 대제에게 구원을 청하자는 조언을 뿌리친다. 점점 수세로 몰리다
마침내 나팔을 불었을 때는 이미 돌이킬 수 없었다. 올리비에는 전투 중
실명했고 롤랑은 그가 잘못 휘두른 칼에 맞아 죽는다.

130) 그리스 중부에 있는 파르나소스산. 아폴로와 뮤즈가 살았다 하여 문예의
상징이 되었다.

131) 오를란도가 사랑한 여인.

132) 이슬람교도 무사로 안젤리카와 결혼하였다.

133) 아리오스토가 열 살 때부터 살았던 곳. 여러 가지 사정으로 떠나 있을 때도
있었으나 결국 다시 돌아와 이곳에서 죽었다.

134) 브라다만테와 달린다는 『광란의 오를란도』의 등장인물.

135) 『천일야화』에 대한 언급.

136) 「신드바드의 모험」에 대한 언급.

137) 쿠자타라는 거대한 황소가 대지를 지탱하고 있다는 아라비아 신화가 있다. 쿠자타의 등 위에 루비로 된 바위산이 있고, 그 위에 천사가, 또 그 위에는 대지가 있다. 한편 쿠자타는 바하무트라고 하는 거대한 물고기가 떠받치고 있고, 물고기 아래에는 전 우주를 삼킬 수 있을 정도로 거대한 뱀이 있다.

138) 『광란의 오를란도』에서 이슬람교도의 수장.

139) 보르헤스는 평소 고대 앵글로색슨어에 관심이 많았다. 그러다가 1950년대 중반에 부에노스아이레스 대학에서 영국 문학을 강의할 때 몇몇 학생들과 이 언어에 대한 공부를 시작하게 되었다. 이 시는 그때의 심정을 언급하고 있다.

140) 부에노스아이레스를 흐르는 라플라타강.

141) 보르헤스의 친할머니의 성씨. 그녀는 프란시스코 보르헤스의 부인이었으며, 성장한 뒤에 아르헨티나에 왔기에 죽을 때까지 스페인어를 유창하게 하지는 못했다. 보르헤스가 어려서부터 영국 문학에 관심을 쏟고 영국인 가정 교사에게 교육을 받았던 것은 친할머니의 영향 때문이라고 할 수 있다.

142) 영국 북부의 지방. 중세에는 왕국이 있었다.

143) 잉글랜드 중남부에 위치한 지방. 앵글로족의 옛 왕국이 있었다.

144) 프랑스의 한 지방.

145) 보르헤스의 평소 언어관이다. 모든 어휘가 오늘날의 뜻으로 정착되기 이전에는 이미지였다고 주장한다.

146) 아드로게(Adrogué)는 부에노스아이레스 근교의 휴양촌으로 보르헤스 일가의 여름 휴양지였다. 만년의 보르헤스는 유칼리나무 향기가 가득했던 이곳을 좋은 추억으로 간직하고 있다. 그러나 끔찍한 불면과 악몽의 기억이 있는 곳이기도 하며, 1944년에는 이곳에서 자살을 기도했던 적도 있다. 1938년 아버지 사후, 생계 유지 문제로 세파에 시달리고, 거듭되는 실연과 문단에 대한 불만이 합쳐져, 1940년대 초반 일종의 우울증에 시달렸던 탓이다. 『픽션들』의 「기억의 천재 푸네스(Funes el memorioso)」에서는 불면증에 대한 기억을, 『셰익스피어의 기억(La memoria de Shakespeare)』의 「1983년 8월 25일(25 de agosto 1983)」은 자살에 얽힌 일화를 담고 있다. 아드로게의 기억은 또한 보르헤스 문학 세계의 근간이 되었다. 보르헤스 특유의 미로와 거울에 대한 환상을 경험하게 해 주었기 때문이다. 구불텅한 길을 따라 별장촌이 오밀조밀 형성되어 있던 이곳은 그에게 미로를 연상시켰다. 그리고 보르헤스는 어린 시절에 그의 일가가 자주 묵던 라스 델리시아스 호텔의 커다란 살롱에 있는 거울들 앞에서 공포심을 느꼈다고

회고하고 있다.

147) 훌리오 에레라 이 레이식(Julio Herrera y Reissig, 1875-1910). 우루과이의
모데르니스모 경향의 시인.

148) 초저녁 하늘의 금성.

149) 보르헤스는 한 사람의 인생을 하나 혹은 몇 개의 사건과 그 순간으로 요약할
수 있다고 생각했다.

150) 오뒷세우스의 고향.

151) 쿠아르테타(cuarteta)는 8음절의 4행시.

152) 아부 유수프 야쿱 알만수르(Abu Yusuf Yaqub al-Mansur, 1160-1199).
북아프리카와 이베리아반도를 지배한 알모하드 칼리프 왕조의 제3대
칼리프.

153) 12세기의 아랍인 시인.

154) 세헬(zéjel)은 아랍 시의 한 형식.

155) 셈족의 일족.

156) 노르웨이의 국왕 망누스 3세(Magnus III, 1073-1103)를 가리킴.

157) 미르헬타흐(Muirchertach Ua Briain, 1050-1119)는 아일랜드를 최초로
통일한 브리안 보루의 증손자. 1101년에는 자신을 아일랜드 황제로
선언하기도 했다.

158) 『헤임스크링글라』는 스웨덴과 노르웨이 왕들의 전설과 역사를 다룬 책으로,
스노리 스툴루손이 1222-1235년에 쓴 것으로 추정된다. 후고 게링(Hugo
Gering, 1847-1925)은 독일의 언어학자이다.

159) 1963년 케네디 암살 소식을 접하고 쓴 시이다. 따라서 1960년 출간된 이 책
초판에는 없었다가 나중에 포함시킨 글이다.

160) 『작가』 초판이 아닌 그 이후에 들어간 글.

161) 존 F. 케네디를 사망에 이르게 한 탄환.

162) 카이사르가 자신을 암살한 이들 중에 브루투스가 끼여 있는 것을 보고
했다는 "브루투스 너마저"라는 말은 실제로는 후대 사람들이 만들어 낸
것이고, 셰익스피어가 『율리우스 카이사르』에 차용하면서 유명해졌다.
링컨의 암살자 존 윌크스 부스가 셰익스피어 작품들에 출연하면서 연극
배우로 입지를 다진 인물이었다. 다만 그가 브루투스 역을 한 것처럼 서술된
대목은 보르헤스의 허구일 수도 있다.

163) 스웨덴의 국왕.

164) 한니발을 가리킴.

165) 노래로 만들어진 곡을 노래하지 않고 문학적 감성을 담아 말로 낭송하는 것.

1899년   아르헨티나 부에노스아이레스에서 8월 24일 태어남.
         영국계 할머니의 영향으로 스페인어보다 영어를 먼저
         배우며 자람.

1908년   아르헨티나의 유력지《나시온》에 오스카 와일드의 단편
         「행복한 왕자」를 스페인어로 번역하여 실음.

1914년   아버지의 눈 치료를 위해 온 가족이 스위스로 갔다가
         제1차 세계 대전으로 어쩔 수 없이 제네바에 정착하게 됨.

1919년   전쟁이 끝난 후 스페인으로 가, 전위주의의 한 갈래인
         울트라이스모 운동에 동참.

1921년   부에노스아이레스로 돌아옴. 길거리 아무 담벼락에나
         대자보 형식으로 붙인 잡지《프리스마》창간. 당시
         아르헨티나 최대의 문예지인《노소트로스》에
         울트라이스모 강령 발표.

1922년   잡지《프로아》창간.

1923년   첫 시집『부에노스아이레스의 열기』발간.

1924년   아르헨티나를 대표하는 전위주의 잡지《마르틴 피에로》를
         통해 더욱 필명을 떨치기 시작.

1925년   아르헨티나, 특히 부에노스아이레스의 독특한 지역색과
         언어가 담긴 시집『정면의 달』발간. 첫 수필집『심문』
         발간.

1930년   전기『에바리스토 카리에고』를 발표. 전기 형식을 빌렸지만
         청년 보르헤스 미학의 결정판임.

1931년   빅토리아 오캄포가 창간하였고 이후 몇십 년 동안
         아르헨티나 지성계를 대표했던 잡지《수르》에 주요
         필진으로 참여.

1932년   수필집『토론』발간.

1935년	『불한당들의 세계사』 발간. 픽션과 논픽션의 경계를 넘나드는 보르헤스 특유의 작품 세계가 탄생함.
1936년	수필집 『영원의 역사』 발간.
1938년	2월에 정신적, 경제적 지주였던 아버지 사망. 시립도서관 말단 직원으로 취직. 12월에 사고를 당해 머리에 상처를 입고 한 달간 사경을 헤맴. 회복기에 자신의 지적 능력을 시험해 보고자 단편소설을 한 편 썼고 이후 본격적으로 창작에 나섬.
1940년	평생 절친하게 지냈던 아돌포 비오이 카사레스와 『환상 문학 선집』 발간.
1941년	단편집 『끝없이 두 갈래로 갈라지는 길들이 있는 정원』 발간.
1942년	아르헨티나 국민문학상 심사위원들이 『끝없이 두 갈래로 갈라지는 길들이 있는 정원』에 2등을 준 것에 항의하여 《수르》가 성명서 게재.
1943년	『시 전집(1922-1943)』 발간. 비오이 카사레스와 『단편 추리 소설 걸작선』 엮음.
1944년	『끝없이 두 갈래로 갈라지는 길들이 있는 정원』에 아홉 편의 단편을 추가하여 『픽션들』 발간.
1945년	아르헨티나 문인 협회가 보르헤스의 『픽션들』을 위해 특별상을 제정하여 수여함.
1946년	정권을 잡은 페론에 대한 공개적인 비판으로 9년간 일했던 시립도서관에서 쫓겨남. 이후 생계를 위해 강연을 시작.
1949년	『픽션들』과 더불어 장차 그에게 세계적 명성을 가져다줄 단편집 『알레프』 발간.
1950년	아르헨티나 문인 협회 회장으로 선출됨.
1951년	최초로 프랑스에서 『픽션들』 번역.
1952년	수필집 『또다른 심문』 발간.
1955년	페론의 실각 후 국립도서관장에 임명됨.

1956년	부에노스아이레스 국립대학 영문학 교수직 겸임. 아르헨티나 국민문학상 수상. 시력 상실.
1957년	마르가리타 게레로와 공동으로『상상 동물 이야기』발간.
1958년	시력 상실로 인해 다시 시 창작에 몰두.
1960년	단상 및 시를 모아『작가』발간.
1961년	사뮈엘 베케트와 국제 출판인 협회가 수여하는 포멘토르상을 공동 수상하여 국제적 명성을 얻기 시작. 이후 미국을 필두로 세계 각지로 강연을 다니기 시작하였고 수많은 대학에서 명예박사 학위를 받음.
1964년	프랑스의 잡지《레르느》에서 보르헤스 특집호를 발간함으로써 서구에서 체계적인 보르헤스 연구가 시작됨.
1967년	청년 시절 잠시 사랑에 빠졌던 엘사 아스테테 미얀과 결혼.
1969년	시와 산문을 엮은『어둠 예찬』발간.
1970년	단편집『브로디의 보고서』발간. 엘사와 이혼.
1972년	산문과 시를 묶은『호랑이들의 황금』발간.
1973년	페론의 재집권으로 국립도서관장직에서 물러남.
1975년	단편집『모래의 책』발간. 7월 99세를 일기로 어머니 타계.
1976년	만년의 불교에 대한 심취의 결과 알리시아 후라도와 공동으로『불교란 무엇인가?』발간.
1979년	보르헤스의 형이상학적 관심을 쉽게 다룬『보르헤스 강연집』발간.
1980년	스페인어권의 노벨상이라 할 수 있을 세르반테스상 수상.
1983년	보르헤스가 노벨상에서 탈락된 것을 두고 스웨덴 한림원에 대한 비판 고조.
1986년	4월 26일 일본계 아르헨티나인 마리아 고다마와 결혼. 스위스의 제네바로 이주한 뒤 6월 14일 간암으로 타계.
1993년	청년기인 1920년대에 낸 수필집이나 이후 출판을 허락하지 않아『작품 전집』에서조차 누락된 『심문』(1925),『내 희망의 크기』(1926) 재발간.

1994년   역시 생전에는 재발간을 허용치 않았던 수필집
『아르헨티나인의 언어』(1928) 재발간.

인간 보르헤스가 쓴 작품

우석균

1960년 출간된 『작가』는 서문 성격의 「레오폴도 루고네스에게」를 포함해 25편의 단편 소설 및 단상 그리고 50편의 시로 구성되어 있다. 보르헤스는 'the maker'라는 영어 제목을 먼저 정한 뒤에 이에 상응하는 스페인어 제목으로 'el hacedor'를 선택했다고 한다. 'the maker'의 사전적 뜻은 '제작자'이지만 보르헤스는 이를 '시인(poeta)'의 비유적 표현으로 사용했고, '시인' 역시 시를 쓰는 사람에 국한해서 생각한 것이 아니라 '문인'의 제유법이었다.

보르헤스의 세계적인 명성에는 『끝없이 두 갈래로 갈라지는 길들이 있는 정원』(1941), 여기에 아홉 편의 작품을 추가한 『픽션들』(1944), 그리고 『알레프』(1949) 같은 단편집들이 결정적인 역할을 했다. 그럼에도 역자 개인적으로는 1930년 이전의 초기 시와 에세이들과 더불어 『작가』가 더 매력적이라고 생각한다. 전자는 아직 문학 세계를 확고히하지 못한 청년 보르헤스의 문학적 고민을, 후자는 그의 인간적 아픔을 뚜렷하게 보여 주고 있기 때문이다. 세상사에 초탈한 듯한 현인의 이미지 때문에 은폐되고 망각되곤 하지만, 보르헤스 역시 위대한 작가 이전에 인간이라는 점을 깨닫게 해 주는 작품이 『작가』인 것이다.

특히 『작가』는 그의 사망 이전에는 인간 보르헤스의 면모를 쉽게 발견할 수 있는 거의 유일한 작품이었다. 보르헤스 자신이 1930년대 이전의 시집과 에세이집들의 재출간을 아예 허락하지 않아서 청년 보르헤스의 모습을 접하기 어려웠기 때문이다. 그나마 에세이집들은 그의 사후 온전한 형태로 재출간되었지만,

시는 1943년 『시 전집(1922-1943)』을 발간하면서 대폭 수정한 것들이 많아서 지금도 독자들은 문학의 우주를 어떻게 구축할지 고민하던 청년 보르헤스의 시가 아니라 이미 이를 확고히 정립한 원숙한 보르헤스의 시를 주로 접할 뿐이다.

물론 『작가』도 기본적으로는 앞서 언급한 단편집들의 연장선상에 있다. 시간, 운명, 거울, 인연, 달, 가문, 호랑이, 용맹, 순환, 작가와 작품, 죽음, 유년기의 기억 등을 모티브로 하여 철학, 문학, 역사, 종교를 넘나드는 형이상학적인 성찰을 쏟아 내고 있다. 동서고금을 다 꿰뚫어 보는 듯한 박식함과 깊은 사유에 보르헤스 특유의 반전 기법이 가미된 작품들은 보르헤스가 왜 보르헤스인지 증명한다.

그러나 그에게 닥친 가혹한 운명이 『작가』를 다른 작품과 차별화시켰다. 시력 상실이라는 비극이었다. 사실 1950년대는 보르헤스의 영광이 본격적으로 시작된 시기였다. 1950년에 아르헨티나 문인 협회 회장으로 선출되고, 1951년 로제 카이유아가 번역한 『픽션들』이 프랑스 지식인들의 마음을 사로잡고, 1953년에는 작품 전집이 출간되기 시작하고, 1955년에는 국립도서관장이 되었다.

그런데 어릴 때부터 그에게 지상낙원이었던 국립도서관의 주인이 된 바로 그 순간 시력을 상실하면서 마치 낙원 안에서 유배된 형국이었다. 「축복의 시」에서 보르헤스는 그 처절한 운명도 축복인 양 "책과 밤을 동시에 주신/ 신의 경이로운 아이러니"라고 말하고 있지만, 정작 이 시에는 구절구절 깊은 절망이 담겨 있다.

이 시가 『작가』의 시 부분의 첫 작품이고, 산문 부분의 사실상의 첫 작품이 '맹인 시인 신화'의 주인공 호메로스를 염두에 두고 쓴 「작가」라는 점은 시력 상실이 얼마나 보르헤스에게 큰 충격이었는지 여실히 보여 준다. 이 단편의 주인공을 통해 보르헤스는 자신의 심경을 「축복의 시」보다 더 처절하게 토로하고 있다.

　　아름다운 우주가 점점 그를 버렸다. 완고한 안개에 손
　　윤곽이 지워졌고, 밤하늘의 별이 사라졌고, 발밑에 있는
　　대지가 불안정해졌다. 모든 것이 아스라해지고 뒤섞였다.
　　자신이 눈멀고 있다는 사실을 알았을 때, 그는 비명을
　　질렀다. (……) 그는 '이제 나는 신화의 공포로 가득한
　　하늘도, 세월에 변해 갈 이 얼굴도 보지 못하겠구나.' 하고
　　느꼈다.

"아름다운 우주"에게 버림을 받았을 때 보르헤스는 문학을
놓칠까 봐 비명을 질렀고, 그 비명은 구술로 창작 활동을 이어
나가는 처절한 몸부림으로 귀결되었다. 단어 몇 개를 구술하고,
이를 받아 적은 이가 다시 읽어 주면 다시 수정하는 식으로
창작에 임했다. 문장마다, 문단마다, 초고가 끝나면 전체를 두고
이 과정을 처음부터 끝까지 다시 밟는 각고의 노력을 필요로
하는 작업이었다. 너무나 시간이 많이 걸리는 작업이라 이제 긴
단편이나 에세이 창작은 힘들었다.
　그래서 다시 시를 쓰기 시작했다.(보르헤스는 시인으로
출발했지만 1930년부터 시력 상실 이전까지는 단 여섯 편의 시를
썼을 뿐이다.) 머릿속으로 창작해야 한다는 한계 때문에 자유시
옹호론자임에도 정형시로 방향을 틀 수밖에 없었다. 동일한
한계로 단편도 훨씬 짧아지고 단상으로 긴 에세이를 대체하기도
했다. 그러나 그 지난한 작업을 보르헤스는 결코 포기하지
않았고, 그 과정을 통해 보르헤스 신화가 완결되었다.
　문학을 놓지 않으려는 보르헤스의 몸부림은 『작가』에 문인,
문학 작품, 창작 과정 등에 대한 부단한 언급으로 투영되어
있다. 호메로스, 단테, 아리오스토, 세르반테스, 셰익스피어 같은
고전적 작가들과 폴 그루삭, 레오폴도 루고네스, 마세도니오

페르난데스, 알폰소 레예스 같은 지인 작가들이 두루 언급되고,
『신곡』,『햄릿』,『돈키호테』 등도 여러 차례에 걸쳐 재조명된다.
「달」에서는 "한 권의 책에 우주를 담으려는" 원대한 포부를 지닌
작가가 실수로 달을 빠뜨렸다는 우화를 통해 본질을 놓치기
일쑤인 창작 과정의 딜레마를 언급하고, 자신이 달을 소재로
시를 썼을 때 자국의 문인 선배 루고네스가 자신의 영감을
선점했을까 봐 두려워한 경험을 토로하기도 한다.

　『작가』에는 또한 죽음에 대한 인간적 고뇌도 그 어느
작품보다도 강렬하고 빈번하게 드러난다. 노년기를 앞에 두고
시력 상실이라는 커다란 비극을 겪다 보니, 죽음에 대한 상념이
일찍 보르헤스를 엄습한 것이 아닌가 싶다. 『작가』에 등장하는
지인 작가들은 이미 망자들이고, 그 밖에도 한때 인연을
맺었으나 이 세상 사람이 아닌 여인들을 회상하는 시도 여러
편이다. 사후에 망각의 늪에 빠질 것에 대한 두려움이 특히 컸던
것 같다.

　「레오폴도 루고네스에게」에서는 자신이 죽고 세월이 흐르면
사람들은 루고네스와 자신의 시대마저 착각하리라고 적고 있다.
또 「델리아 엘레나 산 마르코」에서는 이미 사망한 델리아와
대화를 나눌 날이 온다면 "우리가 보르헤스이고 델리아였는지"
자문할지도 모른다고 토로한다. 즉 타인들이 아닌 자신까지
자신이 실존 인물이었다는 사실을 망각할지 모른다는 두려움을
내비친 것이다.

　죽음의 순간에 이르러서야 자신의 삶에 대한 뜻밖의 진실을
깨달아 인생무상을 느끼게 될지 모른다는 두려움도 보르헤스를
수시로 엄습한 것 같다. 가령, 「전부 혹은 전무」의 셰익스피어와
「「지옥편」 1곡 32행」의 단테는 사후 혹은 죽음을 목전에
두고서야 자신이 그저 신이 예정한 역할을 수동적으로 수행한
존재에 불과했다는 사실을 알고 경악스러워한다.

　운명을 주제로 한 작품이 많은 것 역시 죽음에 대한 상념의

맥락으로 이해해야 할 것 같다. "운명은 반복, 변주, 대칭을 좋아한다."는 평소 시각을 되풀이하면서, 그 어떤 위대한 인물도 피할 수 없었던 죽음이라는 운명의 순간을 곱씹고 곱씹는다. 심지어 「J. F. K.를 추모하며」에서는 사물의 윤회하는 운명에도 관심을 둔다. "피타고라스의 윤회설은 인간에게만 적용된 것이 아닌지라"라고 말하며, 케네디를 암살한 탄환이 과거에는 비단끈, 창검, 삼각날, 십자가의 못, 독약으로 변주하면서 누군가를 죽였다고 말한다.

물론 이러한 주제나 설정들은 『작가』에 처음 등장한 것이 아니라 그 이전에도 여러 작품을 통해 꾸준히 개진된 것이다. 그러나 유독 이 작품에서는 그런 것들이 형이상학적 성찰을 넘어 인간적 고뇌와 결부되어 있다는 인상을 지울 수 없다. 자신의 인생, 인연, 감정선 전체를 회고하는 듯한 작품이 망라되어 있는 것이 『작가』이기 때문이다.

앞서 언급한 지인들에 대한 빈번한 회고는 물론이고, 거울의 공포, 가문의 역사와 아르헨티나의 역사를 동일시하는 시각, 호랑이나 칼잡이에 대한 낭만적인 동경 등의 모티브가 빠짐없이 등장하고, 중세 영문학 연구의 일환으로 앵글로색슨어 공부에 착수한 소회를 밝히는가 하면, 「시학」처럼 자신의 시 세계를 천명한 시를 생애 처음 쓰기도 했다. 심지어 정치가 개입된 문학을 그토록 싫어하던 보르헤스가 「망자들의 대화」와 「라그나뢰크」에서는 암시적으로, 「시뮬라크르」에서는 정치인 실명까지 거론하며 페론주의를 비판하는 모습마저 보인다.

『작가』에서 많이 언급되는 작품의 하나인 「보르헤스와 나」는 실명 이전부터 보르헤스에게 심적 압박으로 작용한 과도한 유명세에 대한 푸념이자 성찰이 담긴 단상이다. 이 작품에서 인간 보르헤스는 마치 자신과 작가 보르헤스가 동일 인물이 아니라는 듯 선을 긋지만, 종국에는 "우리 둘 중 대체 누가 이 글을 쓰고 있는지 모르겠다"고 결론짓는다. 인간 보르헤스와 작가

보르헤스가 동일자는 아니겠지만 당연히 타자일 수도 없다는
뜻이다. 그러나 인간 보르헤스를 감히 일깨워 주고 싶다. 적어도
『작가』는 인간 보르헤스가 쓴 작품이라고.

세계시인선 44   작가

1판 1쇄 찍음 2021년 12월 15일
1판 1쇄 펴냄 2021년 12월 20일

지은이   호르헤 루이스 보르헤스
옮긴이   우석균
발행인   박근섭, 박상준
펴낸곳   ㈜민음사

출판등록   1966. 5. 19. (제16-490호)
주소   서울시 강남구 도산대로1길 62
            강남출판문화센터 5층 (06027)
대표전화 02-515-2000   팩시밀리 02-515-2007

www.minumsa.com

ⓒ ㈜민음사, 2021. Printed in Seoul, Korea

ISBN 978-89-374-7700-3 (04800)
        978-89-374-7500-9 (세트)

* 잘못된 책은 구입처에서 교환해 드립니다.

세계시인선 목록